U0122704

但屈指，西風幾時來？
又不道流年暗中偷換。
　　　　——宋 蘇軾〈洞仙歌〉

為問山翁何事，坐看流年輕度，
徙倚望滄海，天淨水明霞。
　　　　——宋 葉夢得〈水調歌頭·秋色漸將晚〉

坐看流年度

秀實、李藏璧散文集

序

序一
城：現實冷、文字熱
/ 秀實

　　這裏收錄了我的散文共十八篇，都與地域有關。但不能算作旅遊散文，因為當中並無突顯敍事與描寫的部分，而滲雜了不少相關的文化述說。我參照「地誌詩」的說法，稱之為「地誌散文」。旅遊散文與地誌散文是不同的，前者是旅途所見的紀錄，述說軌跡配合旅程安

排：後者是定焦書寫，旁及相關的資料，或典籍、或文化、或往日、或詩詞。

　　散文創作並不容易，文字上多少得回歸到訊息傳達的功能上。總不能通篇文章，並沒有作者要傳達的訊息，而僅僅是書寫一種「感覺」、一種「美」。如果是這樣，那是一篇詩體，即「散文詩」。現時散文詩與抒情小品混淆在一起，弊端不少。優秀的散文詩，很難被發見。其實這兩者差別頗大。網絡時代，作品的數量激增，水平參差自是必然。作家把散文詩理解為「詩意的散文」，而其所謂詩意，即是優美與抒情的句子。如果說文學也呼喚精英，即散文詩與抒情小品混雜不分之現象，自是必然。

　　散文中「我」的存在具有相當的痕跡，小說中的第一人稱，未必是作者本人。雖有某些投影，卻只能看作是一種「敍述角度」。詩裏的我雖然常是詩人本身，卻常有不同裝扮與化身，匿藏甚深。散文不同，如坐在對面，娓娓與你聊天。說者的態度、情緒，說話的語氣、語速、你都可以感受到。打個比喻，散文可以作「呈堂證供」，小說與詩不能。舉一些簡單的例子。我小說〈漠河舞廳〉（與歌曲同名）講述一段愛情故事，然我未曾到過東北。我詩〈涉及大漠、駱駝、石油、河西、玉門、祁連等名詞的一首詩〉有「大漠必然無垠無盡而我瘦成／孤——影」，然我從未踏足河西四郡。但這裏收錄的散文所指涉的江西的滕王閣、石鐘山、廬山，福建的平

和與霞浦，廣東的市橋與麻涌，臺南井腳仔鹽田，高雄橋頭糖廠，新加坡武吉知馬鐵路等，我都曾親臨其地。「紀實」的意味甚濃。散文的虛構總是如此，要不表明虛構，要不歇力把虛構當作現實來書寫，如東晉陶潛〈桃花源記〉。但只是極少數的存在，並因此出現「跨文類」現象，即界乎散文與小說的一種可能。德國評論家瓦爾特·本雅明（Walter Bendix Schoenflies Benjamin，1892─1940）在評論馬塞爾·普魯斯特（Marcel Proust，1871-1922）的《追憶似水年華》時說：「一切偉大的文學作品都建立或瓦解了某種文體，也就是說，它們都是特例。但在那些特例中，這一部作品屬於最深不可測的一類。它的一切都超越了常規。從結構上看，它既是小說又是自傳又是評論。」（見〈普魯斯特的形象〉，本雅明著，張旭東譯。取自「我的個人圖書館」。）如這般深度的論述，散文作者可以參看。

對一個詩人或小說家而言，散文寫作具有兩重意義。其一是基礎語文的訓練。詩歌的意象構成與小說對繁複事物的處理，都需要相當的語文能力。每個作家都曾有過面對題材而不知所措的情況，譬如詩裏對一個城市的定義，小說裏描述一個俯瞰的城市。用文字來表達，確不是易事。所以詩人和小說家都應保持散文的創作。另一是在語言的追求上，作出一種平衡，讓詩的隱晦與小說的駁雜，出現潛在的制衡力量。從「語言藝術」的角度看，散文的確然不及詩與小說，所以藝術散文極難

出現，更多似是一種閒話家常。在接受美學的理論中，作者、作品、讀者的三角關係，散文距離最短。是以優秀的散文，與作者的修為與涵養密切相關，文如其人，應用在散文家身上，適合不過。

相對於詩與評論，散文與小說的創作較少。用粗糙的方法來作區分：詩主「情」，評論主「理」，散文與小說主「事」。而我的個性確實是重情（人），理次之而輕事。我如何，我的寫作也將如何。最早的散文集是1986年「山邊社」何紫前輩為我出版的《歲月傾斜》。1994年《星夜》由「香港青年作者協會」出版，是輯錄自劉以鬯前輩主編的《快報》副刊專欄，1998年有了第二版，由「紅高粱書架有限公司」出版。1995年《小鎮一夜蟲喧》由「香港青年作者協會」出版。第四本散文集是《九個城塔》，2008年由「匯智出版社」出版。現在這半本《坐看流年度》算是第四與第五本散文集間的過渡。斷斷續續的散文創作到現在，我很珍惜兩人集的出版，因為這是文人相扶相重的見證。文人的聲名，不像賽馬競逐，只能有一個勝利者。優秀的前輩是無法阻攔優秀後輩的誕生。頒獎臺上有足夠的空間可以站立再多的勝利者「拉頭馬」，只要你的作品有足夠水平。寫作之路孤寂，感恩藏璧兄同行。

詩人李藏璧左手寫詩、右手寫散文。已出版多本詩集，最近他累積了一定數量的文章，說想和我合出一本「散文集」。此時我們的聯袂，在文學的意義外，便多

了一份深厚的情誼。故而我欣然頷首。《坐看流年度》是他擬的書名，我很喜歡，頗有一種久歷人世滄桑而泰然自若的心境。藏壁兄的散文，路數與我不盡相同，然較之我更勝真誠。真誠乃散文之魂，藏壁得之。機心之巧與真誠之巧，並不相同。前者炫如燄火，後者歛若焚香，可幸我們相互欣賞與包容。文學之為藝術，只分良莠，不爭主義。今年十月，詩人江沉自美國回港，我們三人相聚於上環碼頭美心皇宮，半生睽違，情懷未變。江沉詩有六七暴動的香港，藏壁散文不乏舊時街巷，並皆歲月留痕。碼頭上的飛翼船在洶湧的波濤中，來而復返，旅客匆匆，已非同一面目。每個人都這樣走著，德國哲學家馬丁‧海德格爾的名言：「向死而生」，清楚剖析了存在與時間的關係，每個人都會抵達終點，然只要仍未衝破紅線，你的跑道都可以無限延伸。藏壁與我，都稍具對生命的無奈與悲情，然今天携手，便既向朋友、也向自己說明了我們已狠狠地「把時間擊倒」，坐看流年度，笑話平生事。

　　「如能化煞辟邪／在通往幽閉的門的路上／我即是最後的」（秀實〈綠松石耳墜〉，2023）願這本散文集，能給予讀者一份溫暖，在冷凜的城市中。

（2023.11.18 中午 12:10 高雄城水丰尚。）

序二
啼聲初試，琴簫和鳴
兼談我散文創作的心得
/ 李藏璧

　　我讀佛學稍明佛理，相信緣份。無意之間經文友介
紹認識秀實。秀實，他的名字與他的現代新詩早在中、
港、臺兩岸三地的文藝界無人不曉。他創立語句冗長卻

音調搖曳之「婕詩派」，出版《圓桌詩刊》十多年，又任《中國流派》之主編，然後創作出版了多本詩集和散文集。我佩服他一生貢獻文學。文學是他的生命，他靈魂中只有文學，尤其是詩歌，往往寫作到深夜不寐，血脈中，呼吸中，都是文學，出錢出力，廣交詩友文友，投入全部時間，其中對現代新詩的包容、理解和執著，令人擊節讚歎！我雖然比他齒長九歲，算是到七十古稀才略微開竅。每次和他談天說地、侃喻人生道理、評論及月旦當今作家，談文說藝，在咖啡店，在按摩店內、或在我家中席坐。正是「滌蕩千古愁，留連百壺飲。良宵宜清談，皓月未能寢」。他、真的是「友多聞」，我受益匪淺！他的視野濶遼無邊無際，經歷深邃而別具慧眼。原本我不喜歡創作近體詩，認為略有過時之弊，但他的五言七絕，又拿到北京公開賽二等獎，他送我的那本《六六集——止微室詩鈔》，內裏竟然是非常優美的舊體詩篇。真的才氣橫溢，新舊兼融，揮灑自若。

我於 1967 年與詩人江沉兄出版《鑑石》一詩集，乃是「少壯能幾時」，人生美事！如今和秀實共著《坐看流年度》，卻是「鬢髮各已蒼」！大家都覺得「明日隔山岳，世事兩茫茫」。看流年，不是指每年的星運吉凶，於是只能夠坐看著日子時間慢慢的暗暗消逝，窗外風景匆匆如飛，白雲蒼狗，只能把握著人世間的刹那當下，而風起雲湧，世道人心，時勢瞬變，親人和朋友轉眼離世，流年似水，深深感受到蘇軾之詞〈洞仙歌〉末三句：

「但屈指，西風幾時來？又不道流年暗中偷換」，不自覺其中對世事人間的無奈、唏噓和感歎，個中滋味，那絕對、絕對非足外人道。

我和秀實相識五年，相知相交，彼此都是性情中人，沉醉文學藝術，但創造手法方向各異，或者、最後殊途同歸。大概，他、滿腦子都可合時宜，合乎現代文學觀點，比較包容各家各門各派，而我、卻滿肚子不合時宜，對某些晦澀的作品，無法理解和消化。幸好我們惺惺相惜而不相輕！而且「文章小技安足程，先生別駕舊齊名。如今衰老俱無用，付與時人分重輕？」（蘇軾詩〈戲子由〉）。

對於某些普通的作家，他們常常說自己的文章網上都有數萬點擊觀眾粉絲，繼而掛著口邊，沾沾自喜，其實經常看網的讀者質素，就是次文化和買半票文學的所謂的濫竽充數，引余光中的一篇散文〈夜讀叔本華〉中提及：「不要忘記，凡是寫給笨蛋看的東西，總會吸引廣大讀者。」而且白話文本身語言已經貧瘠，句子過份樸素單調，所以寫作最好要文白兼備湊併行間文句，否則只是閑聊順暢而已，交待了心思所想，我手寫我口，無力和無法建立或改變自己慣用的語氣和句子，於是一篇散文變成一杯白開水，索然寡味，因為許多現代作家不肯讀古文，沒有精彩獨創的辭句，又沒有創意醒神的內容，尤其部份每日的專欄作家，則靠著自身名氣，填滿格子，尸位素餐，賺取稿費。於是行文不過泛泛、不

過爾爾，當不能描述的，就寫筆墨不能形容。事實上，作為一個文字創作的人，專長就是用筆細膩細緻的刻意描寫，去摹真，愈細膩越見刀功，更要控制氣氛，創造意境，那麼必須自己狠下一番文字工夫和觀察事物細微，讀多一點書，才可下筆千言，斟辭酌句時，自然會流露閃爍的文采。

或者我試引一段訪問余光中的對話，他說：「我悟到，英文打標點是為了文法，中文打標點是為了文氣。雨下了很多天，我沒有辦法回家。第三天起來一看，雨仍然在下。」余光中先生只加上一個標點：「第三天起來一看，雨，仍然在下。」慢慢讀看，味道出來了，大家感覺怎樣？霎時，訪者與講者都在逗號前停了腳步，余先生手指天花，瞧，這一場雨就顯得重要了。余先生悟出，要控制讀者的呼吸，作者便要控制標點的運用。（上段文字大部份摘自李浩榮先〈標點‧福克納‧觀物〉，刊於《香港文學》）。

這就是文氣其中的一種技巧和手法，文氣充沛者、行文淋漓酣暢盡致，又有時如若江河流竄，曲折迂迴，有時欲言若止，有時要停頓，有時順勢狂奔，然後止於自然，於是就有氣勢和變化。若然你朗讀以前唐宋八大名家等等前輩的古文作品，聲調變化迭盪、抑揚頓挫，非常過癮！

散文寫得好，不容易。知性與感性要調配交集融滙，既有主觀直覺感受，亦有客觀分析成理，感性要有獨特

的風格、觸覺和味道，更要真情充溢，知性要言之有物，最好稔熟真實的背景的地理歷史。如果寫遊記，必須曾經親歷其境，豈能只靠想像力而天馬行空，鮮有范仲淹寫〈岳陽樓記〉純靠想像！散文成為佳作必然兼備殊性和共性，得自然姿彩和境界。說起「境界」二字，王國維之《人間詞話》說得好：「境非獨謂景物也，喜怒哀樂，亦人心中之一境界。故能寫真景物、真感情者，謂之有境界。否則謂之無境界。」至於散文是否必須具有境界，見仁見智。隨筆小品，日常軼事，亦可小酌佐膳，細味欣賞。但如果寫到如余光中的三、四萬字，包含大氣象並詞藻豐富優美典雅的散文如：〈山東甘旅〉〈南太基〉〈紅與黑〉和〈聽聽那冷雨〉等等，就真的極罕有和極難達臻。難怪黃維樑教授譽讚余光中的散文「精新鬱趣，博麗豪雄」八個字。而且散文有多種：抒情詠物、敍事說理、寫人描景、議論表意，要工擅各種各類及全部體裁，還需要學養和修煉，涵泳中西典籍、經歷不凡、才情溢瀉，難矣哉！難矣哉！

我本來慣寫現代新詩的，今回決定寫點散文試試，初以為起承轉合，一切簡單了當，但一動筆才知道，原來散文寫得好絕非易事，因為寫來要貴乎自然，又要突破前人的框框跳出來，然後自成風格和面貌，一篇三、四千字的文章，經過醞釀、埋首、改動、琢磨、修訂等工作，非要用上五、六天才成。

中年時的心境，仿若清詩人龔自珍的七絕名句：「回

腸蕩氣感精靈，坐客蒼涼酒半醒。自別吳郎高詠減，珊瑚擊碎有誰聽？」如今垂暮，訪舊半為鬼，心似已灰之木，臍下日子不多，一切事及情逐漸煙雲消淡……哈哈，只有坐看流年度，蘇軾曾在〈過永樂文長老已卒〉一詩道：「初驚鶴瘦不可識，旋覺雲歸無處尋。三過門間老病死，一彈指頃去來今。存亡慣見渾無淚，鄉井難忘尚有心。欲向錢塘訪圓澤，葛洪川畔待秋深。」讀完此詩，豈不黯然乎！？

今日啼聲初試，與秀實兄因緣際會，合作一本散文集以茲紀念，高山流水，琴簫和鳴，誠人生一大快事樂事也！

（2023.11.12）

目録

目 錄

下卷：李藏璧

附錄

上卷：秀實

高山症與高山行

01

　　高山症是人體對環境的反應引起的。

　　主要的原因是氣壓的改變。地勢愈高，空氣壓力愈稀薄。空氣稀薄，表示含氧量下降，人體因之有了反應。這反應主要體現在呼吸和心臟上。

　　我由濱海城市香港來雲南昆明，地勢一下子攀升到

海拔約2400米。但身體狀態如常,能吃能喝,奔跑笑談,高原仿如平川。我們去茶葉市場議價購物,去菌子一條街熱鬧晚飯。喝酒,吃餚,在滂沱大雨下狼狽地截的士回酒店,再在咖啡廳坐上一小時,才拖著疲憊的身體,推開房間的大門。躺臥在整個高原上,追尋一個擁有簷下聽風的異鄉夢!

離開昆明南行,到了普洱市。登觀景台,遊梅子湖,淹沒在萬頃無際的碧綠茶樹間,如此勾留了一天,翌日又驅車穿越景洪(西雙版納),直抵邊境。那是中緬邊境的打洛鎮。

打洛,小鎮也。我們參觀了「獨樹成林」景區和邊關。關口很寧靜,看不到一個駐軍。對面是緬甸的關閘,一座緬甸式的古建築物。晚上尋到一家旅館,深山地區如一頭寧靜的小鹿,安渡了一個沒有星子的夜。

明晨,窗外傳來沙沙擦擦的雨水聲,我們趕到邊關,看升旗禮。廣場上渺無人跡,雨水落在世界這個角落上,打在兩個國度的人民和高山林木上。八時過後,旗仍垂懸。升旗禮取消了。

大雨隨著我們的車子回到景洪。我在酒店房間的落地窗前,看瀾滄江的滔滔奔騰。想起了叫馬驊的一個年輕詩人。斷斷續續想到他的〈少年遊〉:

雨將至。歪歪斜斜的暮春初夏一派水氣。
柔潤的高速路撤回郊外,運走

剩餘的水煮魚（的刺）、椒鹽排條（的骨頭）和燕京啤酒（的瓶）。

從景洪我們坐飛機到麗江。地勢又長拔了約800米，是3200米的西南高地。我們下榻古城區的一家旅舍。旅舍在山上，可俯瞰整個古城區。城區連縣匍匐，沿山蔓延，熱鬧非凡。飯後相約遊走於櫛次鱗比的小商鋪，浸淫於禪、藝、賈的氛圍中。

晚上歆坐陽台，粵地流浪歌手深情歌唱！皓月當空，那種異鄉人的濃郁味道，瀰漫了麗江的上空。

02

麗江古城即大研鎮，建於宋末元初。「民房群落，瓦屋櫛比」，這是徐霞客的筆下雲煙。古城區內有不少叫「淘碟」的小店鋪。

這裏聚集了來自全國各地的流浪歌手，氣質俊朗佼麗，並且擁有強烈的個人風格。當晚東北面的玉龍雪山上，皓月當空，雲煙渺然。那個粵地流浪歌手，反復演繹「明月幾時有」。「但願人長久，千里共嬋娟」，北宋蘇子詞，民國麗君歌，移風易俗令我這個異鄉人感懷不已。明知這裏是金沙江畔，並非淮河以南，仍令我興起「淮南皓月冷千山，冥冥歸去無人管」的浪子情懷。

淘碟店便是販賣這些流浪歌手所燒錄的 DVD。裝潢質樸卻包裹著熱淚。

山腳下有一爿酒廊。燈光幻彩裏擠滿了忘形的肢體，音樂流淌如風，吹動著這些不歇擺動的春日枝條，和那漂浮著的黑色的水母般遊絲。城開不夜是屬於年輕的，我們繞行一匝，疲累了，離開四方街，踅返旅館歇息。

一躺在床上，便感到頭痛。不以為然，吞下兩顆止痛藥。關閉電視，看微薄的月色映照在旅館的庭院和窗櫺上。如此良夜，如此異鄉，昏昏然便落入了夢淵。半夜醒來，髮下頭顱，仍隱隱然有點脹痛。斷斷續續的寐與醒，直至微明的日光透進陰黯的房間內。

吃過早餐，頭痛未退。管房小姐給我煮了一碗薑茶，說，喝了才上香格里拉吧！我們離開古城，沿 214 國道奔馳。日光繫著國道和山稜一併消逝，高原景色如畫似詩。第一幅是長江第一彎。登上觀景台眺望江水滔滔的金沙江，「金沙水拍雲崖暖」化為一幅畫圖映在眼簾。午時在虎跳峽用膳，與鬼斧神工的巨峽擦肩而過。第二幅是拉市海。拉市海草原上有嘛尼堆，蓄養著悠閑吃草的高原馬群。朋友都策馬，留下我這個高山症病人在車上歇息。待馬隊自大草原回來，我們便一塊兒去遊湖賞鳥。泛舟於如鏡平湖，寫意如此，高原時間如輕煙，飄散得了無痕迹。第三幅是獨克宗古城的廣場。那裏的藏獒和牦牛，便是一道數碼鏡頭下的自然風景線。雖則耗

牛環鼻、藏獒束帶，其形其神仍不減。

　　車子進入松贊林寺，停歇在西克客棧門前。那是一個藏式民居，建於景區之內。夜，降臨了，走廊的燈火點亮了，我們圍坐一桌，虎咽狼吞一頓私房菜。

　　頭痛，渾噩的，靜謐的，夜空。高山症候如繞燈的飛蟲，揮之不去。

03

　　簷窗門廊的幾分神似，松贊林寺便有了「小布達拉宮」的稱號。

　　飛機越嶺，汽車爬坡，香格里拉已然靠近西藏的邊境。海拔高，我得了高山反應，一切只能放緩慢點、放輕力點。松贊林寺是藏傳密宗的殿寺，由半山繞入寺內，便是一派祥和肅穆的國度。成群的烏鴉棲止在寺廟上的簷角塔座之上。佛殿的牆壁上垂懸著巨幅的黑白幡布。而宗喀巴大殿就在這裏。宗喀巴是藏傳密宗黃教的始創人。無關信仰，商旅浪遊都得膜拜這片高原的聖潔天空。日影漸斜，我穿越曠地迴廊，殿宇臺階，由大殿廣場走出寺門。右拐返回旅舍。

　　西克客棧設備簡陋，床鋪硬，牆腳斑駁，但却是一個很好的居停。夜色在動，天色一塊一塊地黯沉，終致全然墨色，只有微亮的佛塔映照在木雕窗欄上。我躺在

如輕波白浪的床褥上，看佛光微茫，思緒的小舟不覺滑進柔柔夢澤。

高原的清晨空氣舒暢，我們在庭院側面的柴火房內吃早餐，羊奶茶、稀粥和腌菜。收拾停妥，午間便告別西克客棧，驅車往市集去。

香格里拉市的馬路常見一種叫「雪松」的植物。在灰藍欲雨的天空底，姿態閑定優雅，恍若前世今生、乃至來生的一種延綿不斷的痕迹。這裏的雪松為喜馬拉雅品種，即香柏樹也。

我們晚飯在象山市場。對面的一排雪松朝馬路的兩頭延伸到城區的盡處。香格里拉市樓房不稠密，也沒參天的廣廈，許多時連接馬路的是一幅藍天，地平綫處便是錯落的人間世。雪松剛毅，冬日的香格里拉應是白茫茫的世界。我想到詹姆斯·希爾頓的《消失的地平線》來。

入夜，山的楞綫上拉起漆黯的帷幕，大自然的夜間工程啓動了。八時半隆隆的馬達響起，飛機穿越雲層，浮蕩在高原之上，朝昆明的滇湖燈海滑翔去。

夜十時一刻，我們下榻於昆明官渡區的朗威酒店。旅程快將告終。我坐在窗前看大城市一隅景觀，那是一個燈火的聚落。這個季候，仲夏夜，高山症已隨同那遙遠的紅嘴鷗，得連片羽吉光的遺痕都沒有。我頭腦清晰，拿起相機，調到夜間拍攝的功能鍵，朝這個永遠的春城按下快門！

　　然後，我把沸水灌進紫砂壺，把味道留在心裏！那是一個人的房間的澄明如水，一次同行的旅程的吞津回甘。

贛遊觀止

01

滕王閣序

　　波音七三七降落機場，午時剛過。離開狹窄的機艙，
我們踏進一個和暖的管制空間。南昌海關的執法人員笑
容可掬，清關手續也文明便捷。一頭小巧的緝毒犬在旅
客和行李箱間穿梭，倒像是在玩著尋寶遊戲。七月的天

空，遍地陽光，景物輪廓分明。我們懷著愉悅，不再遲疑，登上旅遊小巴，逕往滕王閣去。

滕王閣是江南三大名樓之一，雄峙贛江畔。唐朝詩人王勃由交趾省親回京，路過此地寫下的〈滕王閣序〉，是我唸中學時的國文範文。少年習誦，老大而憶記猶深。當日輕狂，未能領會「落霞與孤鶩齊飛，秋水共長天一色」的美景，卻興起「關山難越，誰悲失路之人，萍水相逢，盡是他鄉之客」故作老成之嘆。

那時遊人漸多，講解員只得簡略地介紹：現時的滕王閣，是一九八九年新建落成的，用「明三暗七」的建築，各樓層均有不同的主題……我們乘坐升降機登上最高層，按層參觀。有售賣紀念品的，有介紹江西山川勝景的。古物陳展區內，我看到那頂完好無缺的「花翎」，即烏紗帽也。官再大遺下的不過是窗櫺內的一頂帽子。而星移物換，從不缺席的，却是王勃的塑像和他的千古文章。

當中的一層樓是壁畫。栩栩如生的妙筆，繪製了歷朝以來江西的名人。陳蕃是大官，徐孺是隱士。陳蕃平日把床榻束起，惟徐孺來訪才放下，同榻共話，永夜不寐，以示不因階級而窒礙友情。立在「徐稺下陳蕃之榻」壁畫前，悵然之際，髣髴人物都活起來了，在飲酒，在談話，在沉思、在仰天長嘯。

當然閣內的一切，都不及閣外的風光，古人視登樓為一件雅事，有時更是一件能提升生命刻度的重大事

件。所以文人雅士常有登臨賦詩之舉。此刻我站在危欄，背後是「東引甌越」的牌匾，眺望贛江。江水東逝無聲，天色隱約模糊，高樓簇擁，摩天輪的剪影貼在灰濛濛的左岸。今日南昌，離王勃的故郡更遠，登臨眺望一個繁華的城市，眼底江山，快意襟懷之間，或許更勝古人。

「檻外長江空自流」，左邊灰濛濛的舊城區外隱約的那一片發亮處，便是奔騰著的萬里長江。日影微傾，已掛在閣樓西邊的簷角上。一輛旅游小巴隱沒在城市街巷的拐角處。

02
石鐘山記

那些在玻璃櫥窗內的陶器，紋風不動，却令人仍然感到如七月泥土的熾熱。縈繞回味間，車子已離開景德鎮市，我們朝「豫章故郡洪都新府」的南昌去。

窗外的田野房舍在熾熱的天空底下，像苦忍著一場夏雨般沉默無言。車廂裏的空氣開始沉甸甸。導遊的聲音忽爾迸出：我們沿途往南昌，會路過石鐘山，你們有興趣去看看沒有？

腦海裏飄浮起蘇東坡的〈石鐘山記〉，那是講堂上口沫橫飛的一些片羽。東坡父子在月明之夜，賃船鄱陽湖上，尋究鐘聲的來源。最終謎團解開，蘇子「慨嘆

酈元之簡而笑李渤之陋」，並得出結論「古人之不余欺也」。表面紀遊却劍有所指，其文理路轉峰迴，令人嘆服。蘇學士喟嘆的是，做學問的態度和品格，今不如古矣！

都說景以文名。石鐘山現在既是自然景觀也是旅遊景點。我們的旅遊車停靠在石鐘山的門牌下。一進門牌，蘇軾像、石鐘亭、碑文亭等依次映進眼簾。我不敢勾留於這些景觀布局中，便逕沿小路往湖邊走去。繞過一座瓦頂翠綠的重簷亭，到了下一個四柱黃蓋的圓亭，亭外便是曲折的臨湖欄杆。憑欄眺望湖景，「湖柳如烟，湖雲似夢，湖浪濃於酒」，生涯若實若虛的況味，油然而興。

當年東坡登船的崖壁，現已築起鐵柵，不容進入。要重蹈當年月夜泛舟，考證鐘聲來源的足迹，已不可能。眼下的鄱陽湖蒼茫無際，暗褚色的湖面上，運沙船、漁船、商船，聚散相連。左手遠處，鄱陽湖大橋飛越湖面，貫通南北，那是千里貶謫，僕僕風塵的東坡無法想像到的。

我們也僱船，是一種藍色鐵皮的遊覽船。航至湖中的湖河水分界處。光影中細辨江湖之水。江水清而湖水濁，形成一條拉扯著的暗線。鷗鷺翱翔，有時歇止船桅，有時浮泛湖面，都是光陰，却如斯有異。

「汲來江水煮新茗，買盡吳山作畫屏」，古人可以悠閒地過這種光風霽月的日子。現在我們却不能不與時

間競逐。「湖舟唱晚，響窮彭蠡之濱」，我們一再回首，帶著精神的亢奮與身軀的疲憊，登上旅遊車，往繁華的城邑之夜而奔馳。

03
遊廬山記

在九江市熹微的晨光中，我們驅車在南山公路上，大道如矢，直奔廬山。廬山山體面積極廣，九十餘座山峰，星羅棋布，各呈異態。橫看側觀，岌嶸崢嶸，均具致趣。這次登臨，雖只涉山之一片，卻無疑也是一種山水緣份。

廬山最高的山峰是漢陽峰，海拔 1474 米。廬山的聲名，既是歷史的。西漢司馬遷曾「南登廬山，觀禹疏九江」，後來便把廬山寫進了他的〈史記・河渠書〉中。廬山也是文學的。如今我身處山中，腦裏自然而然的浮蕩著東坡詩句「不識廬山真面目，只緣身在此山中」。

我們這次遊賞，由南門而進。依次是：白居易草堂、談判臺舊址、仙人洞、禦碑亭、牯嶺街、蘆林一號別墅和含鄱口。然後才輾轉告別山中風雲。

白居易草堂由花徑而入。其上有花徑亭。以木牌縷刻了白居易詩〈大林寺桃花〉：「人間四月芳菲盡，山寺桃花始盛開。長恨春歸無覓處，不知轉入此中來。」

詩人獨愛廬山，視之如故鄉戀戀不去。而東林寺與西林寺即是他投宿之處。並留下了「經窗燈熠短，僧爐火氣深。索落廬山夜，風雪宿東林」的千古咏唱。

眼前的草堂是一間簡單的磚屋。牆身鬆掃上白漆，豎柱橫梁是棕如赤黑的木方，窗櫺無雕縷，作狹長的方陣，屋頂即覆以一掰一掰的草杆。想像冬夜大雪紛飛，群巒叠峰之間，草堂頂上滿霜，階台擁雪，那是何等的景象！

草堂前是一個白蓮池。七月白蓮盛開，遊人如鯽。池畔塑有詩人的石像，高約三米。左手捋鬚而右手拂後，袖裾生風，神氣怡然。當日唐代詩人白居易遊廬山，曾有「一宿體寧，再宿心恬，三宿後頹然嗒然，不知其然而然」的體味。當中奧妙，自非我們走馬看花的過客能領悟出來。

三小時後，遊覽車折返南昌故郡，「香爐風色紫生烟，一入京華路渺然」，山上風雲渺渺，山下紅塵滾滾，不禁令俗子凡夫，喟嘆再三。

（附記）本文分題與唐王勃〈滕王閣序〉、唐白居易〈遊廬山記〉、宋蘇軾〈石鐘山記〉相同。當中〈滕王閣序〉與〈石鐘山記〉兩文均收錄於坊間通行的文言讀本《古文觀止》裏。〈遊廬山記〉即見於多種唐代古文選中。文章同題再寫，以表對前賢經典的敬慕！

從將軍說到將軍澳

移山填海，變改了海角與天涯。

那個已發黃的年頭，從筲箕灣乘坐電氣船，在「卜⋯卜⋯卜卜」的馬達聲中，穿越鯉魚門海峽，漂浮到殖民城市偏僻的東面。船舷左側起落間，一個細小的海灣逐漸在春雨綿密的海面間浮現。矮小的山坡上，平房錯落，旗幟飄揚。船終於在顛簸中靠泊木碼頭。那是一個叫調景嶺的地方。

一個古老的濱海村落。

今日的將軍澳區，包含了四個地鐵車站。城際列車從西邊奔馳而來，穿過調景嶺、將軍澳和坑口，最終靠泊在寶琳。

有關將軍澳名字的緣由，已湮沒在歷史漫漶黃沙中，難以考證。「維基百科」列出了三種可能，都不靠譜。明代刊行的《粵大記》裏，已有將軍澳之地名。據說是因為明朝派遣打擊海上走私的大將軍殉難於此天然港灣，當地村民因之命名「將軍澳」，以為悼念。至於明以後的說法，包括較多人認為由「junk bay」音譯而來的忖測，均可排除。1898 年〈中英展拓香港界專條〉地圖上，所標示的「東口」，範圍寬廣，無獨有偶，和現今之將軍澳大略吻合。

將軍護國，戰死沙場，是一曲盤桓於灰幕天際的哀歌。但巨輪軋軋，秋雨之後是黃沙，季節更迭，一切都付東流水！當號角聲沉寂，晨昏推窗，換來已是喧鬧無邊的市塵。

一條路軌在地下穿越，一百八十秒的距離，便是一簇一簇的廣廈樓房，攏聚如一座一座茂密叢林。街巷九曲十八折，廢氣連同引擎聲，紅綠燈和斑馬綫，或聚或散的人群是牡鹿或牝牛，時而歇止時而奔跑。那是城區，一個東口的「殖民區」（colony），地域在逐漸擴張，背後如有一個將軍在統領這個區域。四個地鐵站的分布也並不是簡單的由西而東，而是類似雙魚星座（pisces）

的成一個 V 形折角。雙魚座中的雙魚原是一對逃難的母子（阿弗洛狄忒和厄洛斯），化身為魚藏身於幼發拉底河。巧妙的是，這正和將軍澳區最早開發的調景嶺的歷史相應合。

四個地鐵站延伸的城帶，最為亮光的是排列右邊第二的將軍澳了，有如雙魚座中最亮的「右更二」，亮度為 3.62。將軍澳開拓較遲，因而城鎮規劃也較好。未來的發展也最具展望。濱海之地將闢為長廊，依山帶水。另建跨越灣區的大橋直通油塘。屆時車行其上，如彩虹橋橫跨海港之東。朝輝夕陰，景物煞是壯麗大觀。

這裏地鐵 A 出口是將軍澳廣場，B 出口為將軍澳中心，其站蓋即為天晉。三座彩色城堡的商場以陸橋相連通，把櫥窗的色彩綴連成一個童話世界。千百計的商戶展示它們的品牌，閃耀奪目，足以讓那些麥城敗走的將軍迷失在這個八陣圖裏。世相千百，現代的城市沒有古代的硝煙，而所謂各式各樣的戰爭，却以另一種姿態在進行著。虛與委蛇，與虎謀皮，那是沒有詩歌的現代信仰。

　　我看見路上行人匆匆
　　我看見站台邊燈火迷朦
　　我看見離別的人緊緊相擁
　　道別時欲言又止
　　其實是在說，我已不愛你

紙屑一角，寫活了現代人的面譜。步履匆促，相別猶豫，情侶是城市的彩蝶，相舞又採花，追逐一季度的剎那風華。

將軍澳地鐵站南邊延伸至海的一帶，原為一大幅綠油油的青草坪。居民在這裏散步、踏單車、放模型飛機，休閑地呼息倘佯。這兩年地產霸權，八爪賁張，有類戰國七雄之相互撻伐，披華服結領帶的笑容背後，是權謀私利的六慾七情。綠草坪終致破碎支離，宰割成一塊又一塊翠瓦金磚，物換星移，又將堆棧為一座座瓊樓玉宇。

陰晴晨昏，橫過木棉樹兩側並列的唐俊街，進出往來於地鐵站間，抬頭只見蒼鷹盤旋天際，已然陌生於那些季候鳥翱翔、羽翼失落的海港。將軍澳臨海，又因城市的規劃而遠離涯岸。我立在家裏陽臺，扶欄看這個新興市鎮。日薄西隅，茅湖山的一片蒼綠鑲嵌在灰濛濛的城邦上，顯得蒼翠有加。指點江山，如敗走的將軍，我蟄處一室，茫茫之夜將臨，萬家燈火同燃，飄搖的一盞，靜靜懸著，而歲月終將耗盡，無驚無險。想起了唐代將軍「回日樓臺非甲帳」的詩句，半生後的敗軍之將，當然只能落戶將軍澳了！

小品大圍

　　大圍是廣九鐵路的第四個站。明信片盛行的年代，它仍只是個新界小鎮。老香港記憶中的大圍，是村落，連鐵道站都沒有。我常想像日本漫畫鐵道員的情節，會在大圍站上發生。對這個空間，我有著親切卻也碎片般的回憶。

　　從前由九龍到大圍，巴士爬山路，得經過石梨貝山，即「馬騮山」。巴士和馬騮都是粵語，書面語應是「公

交車」和「猴子」。公交車接近石梨貝水塘時，便看到道路兩旁的欄杆上，蹲著立著大大小小的猴子。受了古典小說《西遊記》的影響，自然而然地想到花果山來。所以那時市井人有稱這裏為花果山的。公交車下坡，便是大圍村。今日的大圍，是個熱鬧非凡的衛星城鎮。它是東鐵沿線的鐵路交匯站，現在的馬鞍山鐵路和將來的沙中線鐵路，都在這裏轉乘。這些鐵路交匯站，人潮汹湧，笛聲囂揚，如時光裏一場風暴，捲走了那個年代和那個小鎮。

　　常時緬懷舊事，自是年長的一個行為表徵。我土生於香港，受基督教中學教育，對殖民時代的香港懷有深刻的印記。通菜街上洋警司驅狼狗噬咬賣橙小販、豉油街尾大排檔上警察白吃白喝的熱鬧場景、六七暴動時直升機停在山東街麗斯戲院天台，防暴員以槍掃射屬聚瓊華酒樓的群眾……都是殖民地政府對老百姓的欺壓。大圍這些新界的小村落，給我一種很親切舒服的感覺。從九龍市區來大圍，是所謂的郊遊活動。那時還有一個說法，叫「野餐」。遊人以一張膠墊鋪在草地上，把食物羅列出來，圍坐著邊聊邊吃。我便曾來大圍野餐過好多次。大圍附近有個野餐勝地，稱「紅梅谷」。名字極美，位處望夫石下，風光秀絕，假日遊人如鯽。紅梅谷有個小型飛機場，現在知道的人恐怕不多。此屬於新界掌故的內容了，毋庸多言於此。

　　現在大圍熱鬧非凡，樓宇建的綿密。有私人廣廈、

有公共屋邨，也有五層以下的村屋，甚至一些殘舊的鄉居房子。在現代發展中形成一種獨特的景觀。這種參差的時代步履，我特別喜歡。如今走在大圍，好像同時走在不同的時間和空間上，感覺十分奇妙。大圍的店鋪也是雜沓紛陳的，既有令人生厭又得倚賴的連鎖商戶，卻也有令人驚喜而又親切的雜貨小鋪和街頭食肆。在彎曲狹窄的道路上，一輛殘破的小巴剛離站，尾隨而來你會看到一輛閃亮亮的平治跑車呼嘯而過，你看不到司機的面目，只能看著那 EN4 的車牌，消失在街角後。

大圍內街有一間叫「古樸年代」的餐廳吧（café bar）。我喜歡選那兩桌臨街的來歇坐。倘若是下午茶的光景，點一客水果沙拉、一杯咖啡，率性的用手指拈著那些沾染千島汁的蔬菜莢瓣放入口腔，讓微酸和青翠的味道滾動到胃腹裏去。或托著小盤，輕輕呷一口曼特靈的苦澀。街上行人走過，汽車穿過，那便即佛家所云的「紅塵滾滾，過客匆匆」吧！晚間曾經約同朋友在這裏，品紅酒，嚐烤肉，暢話生涯。街道人影髮髴，路燈掩映。回溯往事，瞻望桑隅，那便即道家所言的「浮生若夢，為歡幾何」吧！咖啡吧所在的馬路叫「積福街」，真好一個煙塵香火的名字。

稍為離開火車站的一帶，往城門河那邊的山腳走去，有一兩個私人樓宇。曰「恆峰花園」，曰「翠景花園」。居住在那裏，名副其實是卜居「山腳下」。山腳下給我一種很雅緻的感覺，有若覺得繁囂大城市裏的一

個隱居式的空間。古人有一種境界，叫「大隱隱於市」，放到現實生計處掂量，估計就是這種作為。山腳下距離火車站約三十分鐘的步程，若近若遠，但若隨意順心，即為塵世中的理想家居了。

　　火車的轟隆聲早已消散，月台擴音員呼喊聲也隱滅不聞。現在是電氣化的時代，像漫畫鐵道員的情景已不復再現。不必揮動訊號旗，乘務員不會替你扛行李。快速高效了，人情味卻也隨風而逝。漫畫裏的鐵道員會把迷途的小貓送回女孩的懷抱，而現在的站務員卻讓一頭蕩失路的流浪狗輾斃在冰冷的路軌上。電氣化列車的門關上時，不消一刻鐘，擠擁的車廂便將帶我返回更現代化卻也更庸俗的都會去。

（二零一六年十一月八日凌晨 1 時北京海淀新世紀日航酒店 1912 房。）

訪林語堂故鄉平和

先讀兩則史料：《大明武宗毅皇帝實錄》記載：「正德十四年三月己酉（即十六日）添設福建平和縣並改小溪巡檢司為漳汀巡檢司」；「正德十四年六月辛巳（即十九日）增設福建漳州平和縣主治於南靖縣之河頭大洋陂。」今年一月我來到了這個歷史古地。

再解讀一下地名。「和」字，繁體字是「龢」。其篆體就像一個跪著的人，在吹一把蘆笙。笙管長短不一，

粗細不均，吹出來的聲音卻成了一個和聲。所以，聲音只有一個就無法聽，「和而不同」才是最動聽的音樂。

平和出了一個名人叫林語堂。林語堂是文學家、翻譯家兼發明家，1895 年 10 月 10 日生於漳州市平和縣坂仔鎮。為牧師之子，終生信仰基督。林語堂的學歷極高，依次為上海聖約翰大學英文學士，美國哈佛大學比較文學碩士，德國萊比錫大學語言學博士。他是當時極少數以英文寫作的中國作家。現在我們說的「幽默」，便則他自英語 humour 一詞的譯筆。他為人熟知的《吾國與吾民》（My Country and My People）、《生活的藝術》（The Importance of Living）、《京華煙雲》（Moment in Peking）都是用英文寫作的。

雖則如此，林語堂卻是個極為愛家鄉的人。1935 年他的七絕有：「我本龍溪村家子，環山接天號東湖（坂仔又稱東湖）。十尖石起時入夢，為學養性全在茲。」在他自傳中，便有這麼的一段文字很好地詮釋了這篇詩，「如果我有一些健全的觀念和簡樸的思想，那完全是得之於閩南坂仔之秀美的山陵，因為我相信我仍然是用一個簡樸的農家子的眼睛來觀看人生。」總之他認為日後一切的成就都得力於家鄉的養育。

我遊覽坂仔，從一個叫「林語花溪」的樓盤開始。這個樓盤因為座落於林語堂故居一帶，很好地結合了文學的元素來作營銷。他們的廣告語即「為學養性全在茲」七個字。這個溫泉別墅佔地廣，沿花山溪而建。植物繁

茂，空氣怡人。每戶都有游泳池，溫泉入戶。一畝之廣才賣 320 萬元。我輩書生清貧，只有放眼風光與古蹟。沿溪行，瞬間即到「三日橋」。為了到廈門上學，林語堂當日便從這裡乘坐「五篷船」，沿江而下三日三夜才抵達廈門。因此取名「三日橋」。橋頭石碑有記載，「又一使我不能忘懷的是西溪的夜月。我十歲，父親就令我同我的三哥（憾廬）四哥（早歿）到廈門鼓浪嶼入小學。坂仔到廈門不過一百二十里，但是船行而下，那時須三、四天。漳洲西溪的五篷船只能到小溪，由小溪到阪仔的十二、三里，又須換小艇，過淺灘處（本地人叫為瀨）船子船女須跳下水，幾個人把那只艇肩扶逆水而上。但是西溪五篷船是好的。小溪到龍溪，一路山明水秀，遲遲其行，下水走兩天，上水須三天。」此段文字見諸《林語堂自傳》的第四輯。時光荏苒，天翻地覆，今日已改建成是一條可通車有五個橋墩的石屎橋。立在橋上看橋下風光，流水潺潺，淺灘處耕牛嬉水。景物有如畫圖之美。

　　走過三日橋，約四百米路，便看到一個煙斗形的巨大建築物。這是世界上最大的煙斗了。林語堂嗜煙斗。他曾說，人生最幸福的事，莫過於老婆讓他在床上抽煙斗。因之我又想到這位幽默大師的另一句名言：「紳士的演講，應當像女孩子穿的迷你裙一樣，愈短愈好。」

　　午餐吃過農家菜，我們到林語堂故居參觀。林語堂故居在十八齒山山腳下，佔地極廣。他的父親林至誠是

長老會牧師。內裏原有大小教堂各一，後來先後被毀。故居內收藏有很多關於林語堂的相片舊物，包括傢俱用品、相片稿件等等。2011年他的三女兒林相如（二女兒便是林太乙，1965至88年擔任香港《讀者文摘》總編輯）曾到訪這裡，留下「回家好開心」五個字。熟知其人其事的遊人讀了，自然感到平凡的字裏行間也是飽薰故鄉之情的。

在故居我們遇到了一群小學生借用這裏的小課室作口才訓練。老師請我臨時為他們講十分鐘的課。我提問林語堂的事，他們無不瞭如指掌。可見至今林語堂仍對當地民風有著重大影響。這確是「地靈人傑」的最佳寫照。堪輿學家認為，林語堂有如此成就，是因為其祖家在北斗七星天樞星之尾。平和鎮有「北斗七星土樓群」，依次是環溪樓、賓陽樓、慶陽樓、薰南樓、黃堎樓、後厝樓與五美樓。林語堂祖居則在五美樓之北，緊接七星列於最末。

在美國三十餘年，林語堂一不置房產，二不入美籍，是真正的愛國主義者。1976年3月26日他在香港瑪麗醫院逝世，4月移柩台北，長眠於台北陽明山林語堂故居後園中。林語堂八十大壽時，台灣作家曾虛白以「兩腳踏東西文化，一心評宇宙文章」一聯相贈，恰如其份地總結了他不平凡的一生。現在這兩句話，懸掛在林語堂展覽館的牆壁上。

從故居出來，天色已晚，西山晚霞一抹，寫在廣漠

無際的穹蒼。我們踏步返回賓館時，路上車子稀少，伴著我們而行的是一群鴨子。香港詩人招小波寫過平和這些鴨子。如後。

平和縣的鴨子逛馬路/招小波

平和縣的鴨子
習慣了平和的生活
牠們的心態也是平和的

牠們屁顛屁顛
走在馬路中央
彷彿對人說
這馬路也有我們的份

平和的車輛
會安靜的讓路
它們的喇叭
從不與鴨子嘴巴發生口角

平和小鎮在暮色四合中，更為安靜。意猶不盡，趁夜色，我們轉到最古老的土樓蔡家堡去。

（二零二零年一月十六日凌晨 1:20 高雄城左營水丰尚）

市橋誤讀

疫情後重回家鄉番禺市橋。

清朝苦命詩人黃仲則有七絕〈癸巳除夕偶成〉：「千家笑語漏遲遲，憂患潛從物外知。悄立市橋人不識，一星如月看多時」。詩裏的「市橋」指詩人故鄉江蘇常州市的繁華地段，並非我故鄉番禺市橋。第二句極佳，詩人總是清醒的，因為他看到存在於「物外」的真相，看到敗壞即將發生而憂患不已。末句言極遺憾，憂患之時

卻無月可寄思念，只能看著微弱的星光久久不回去。

古人有詩諷刺半桶水文人，曰〈琵琶〉：「琵琶不是此枇杷，只恨當年識字差。若使琵琶能結子，滿城絲管盡開花。」我故意把此市橋看成彼市橋，也屬這種「半桶水式」的誤讀。詩歌的誤讀有時也可以是一件雅事，因為這種誤讀不會成為「誤導」。蘇東坡說：「人道是，三國周郎赤壁。」因而寫下了〈念奴嬌·赤壁懷古〉。我也曾戲作〈壬寅除夕思鄉〉：

景仁除夕偶成章，移作市橋念故鄉。
街角清燈樓外月，苦吟詩句訴衷腸。

番禺賓館是一間園林式的旅館，二十餘年前我曾投宿過。現在翻新了，許多景物都已變改。週遭的環境更是翻天覆地的換上新顏。大面積的蓋了樓房，平整了馬路，高架橋縱橫交錯，路上飄下綠化樹的落葉。更大變改的，是地鐵三號、七號、十八號、二十二號共四線都來到了。如今我走進其間，有的記憶卻仍在沒有任何舊日痕跡中保留下來。

市橋已沒有任何存留的人與物，當日祖先們撤走所有，只留下「故鄉」兩個字。然而這兩個字卻讓我眷戀不已。這是生命中奇妙的牽引，超越了今生的局限。精神是強大的，承載精神的文字同樣是強大的。我記得當日走過番禺賓館的廊橋，觀賞過綠油油的池塘。今日池

中的錦鯉應該是當日錦鯉的來生，當時鏡裏的人影歡聲應該是今日遠去的一個孤寂背影。不知池塘畔那株洋浦桃今年幾歲了。當日我遇上，婀娜而瘦削，今歲它卻以盈尺的軀幹守候著我的歸來，這另一種「樹猶如此，人何以堪」，給人時不予我之悲。

和兩位朋友在大北路附近的大排檔上吃豬雜粥。清輝灑遍深夜的街巷，滴滴車穿梭而過，飽食後返回旅館，拉開窗簾，讓月影潛進床上。此時，夜是一口深井般的寧靜，當日牛蛙的聒噪已遠、蟲鳴聲不聞，那是記憶中的故鄉，只寄存於夢裏。黃仲則是個耿介的詩人，正直而不苟同流俗，卻潦倒一生。〈都門秋思〉的「全家都在秋風裏，九月寒衣未剪裁」與我今天下榻房價台幣三千元的番禺賓館，境況可止天淵。當日仲則無月可寄思念，而今夜卻是驚蟄，又適逢滿月。我雖有愁懷，又堪慰藉，而詩文如此，又實在愧對古人。

番禺梁氏宗祠在沙頭街道汀根村青雲大街 35 号，是一座「修舊如故」的百年祠堂。於我而言，故鄉無法取代。所有對故鄉的誤讀，最終都應通往生命中那神祕的牽引。

（二零二三年三月八日零時十分婕樓。）

路過路環：
半日的風光與美食

　　路環原是澳門最南的一個小島。澳門內港人叫它
「離島」。最早有碼頭往來路環與內港，後來跨海大橋
建成，街渡乃被淘汰。內港與路環島間，還有一座小島
氹仔。「氹」是粵語，有兩義：一指地上的小水坑，粵
方言有「氹仔浸死人」，表示小危險也可釀成大災難，

不可不防：一指哄騙，粵方言有「氹女仔開心」，意即以甜言蜜語逗女生，別有所圖。1999 年澳門回歸，政府因應未來發展，大規模填海造地。把氹仔與路環間的海填平，一個全新的路氹區出現。政府在這裏打造新的東方拉斯維加斯賭城。倫敦人、巴黎人、威尼斯、上葡京、銀河等等的燈火從此不滅。人間紙醉金迷的故事，日夜上演。

路環是澳門的後花園，政府在城市發展中盡量保持其原貌。五月初我和朋友來到路環遊覽。午餐詩人阿民帶我們到輝記。路環輝記美食茶座始創於 1954 年。老闆楊景開是路環人，兄弟幾人在這裏紮根打拼。輝記走街坊路線，食物經濟美味。當日我看到有開著黃色林寶堅尼跑車來用餐的客人。我們點了冬菇剁肉餅、蓮藕炆排骨、炸菜蒸魷魚等客飯，每客澳幣 33 元（折臺幣 130元）。再加招牌菜白切雞（粵菜）。雞以鮮湯浸泡，味濃肉滑。杯盤狼藉之際，老闆楊景開過來與我們閒話，方知農曆四月八日譚公誕打纜前地夜晚這裏有盆菜宴，屆時筵開一百八十席，熱鬧非凡。大疫三年，往日繁盛景況剎那回來，惜當天晚上我要離開，坐高鐵上北京，錯過盛事。

告別輝記，我們到路環市區逛。路環三十年前的面貌與今日的大同小異，然對岸橫琴的風光，卻是翻天覆地的變改了。往昔我立在岸邊眺望，綠水碧山，如今高樓臨海而建，有的更在四十層上，外牆的燈光工程照亮

了夜間幽靜簡樸的路環。

路環沒有超過三層的房屋。那些建築物的外牆，常見塗鴉其上，但都十分可觀。既為市容添上彩色，也為遊人帶來樂趣。塗鴉（Graffiti Art）是城市裏的公共空間藝術，展現一個地方的文化色彩。從畫廊到街頭，每一幅塗鴉都含有「反藝術體制」的意蘊。容許塗鴉的管治者，與視塗鴉為毀壞公物的管治者，完全是兩個不同的政府。簡單來說，塗鴉是民間藝術家自發性的對市容的美化，其動機並不具有任何的破壞性，所以只宜規管引導，不應禁止懲罰。路環的塗鴉，形形色色，美侖美煥，是遊人前來遊覽的目的之一。

圖書館的葡文是 biblioteca。經過了恐怕是世界上最小型的路環圖書館，我們進門略作瀏覽。館內只有十個書架，目視藏書只約 800 冊。記得我寫過〈圖書館〉一詩，竟有長達 25 與 24 字的單句長行：「有偷窺的緬因貓眨著藍綠色的眼睛隱身在四十六個書架間／那時一切書本都已熟睡只有全然孤獨的思想如鼠般遊走」。然後來到了馬忌士前地的聖方濟各聖堂。高中時我曾和同學來遊，如今景物無異，只有兩旁的海鮮大牌檔換了面貌。聖堂為巴洛克式建築，上有鐘樓，牆身髹漆上淡黃色，配以寶石藍的門與窗框，極具風格。聖堂前方有一石碑，四周有彈殼裝飾，是紀念一九一零年間葡萄牙人戰勝海盜而立。面朝海山，迎風扶欄，遠離鬧市塵世，頗有心曠神怡，寵辱皆忘的暢快。

離去前，品嚐了安德魯餅店的葡式蛋塔，懷著滿足且怡然的心情，在夕陽下登上新福利巴士，返回路氹的喜來登酒店。

（二零二三年六月十七日凌晨 1:00 常德祥瑞大酒店 8022 房。）

東莞麻涌漳澎：
龍舟之鄉

今年端午是陽曆的六月二十二日（週四），前一天適逢夏至日。我想到作家郭敬明的一本小說集《夏至未至》（Rush To The Dead Summer）來。當年，對那種殘酷與淒美的青春，感懷極深。也曾青春過，也曾犯過那些年少輕狂的錯，留下疚歉。然往事如煙，歲月始終不曾

停下。當旅途中你不再步履匆匆、走馬看花時，即你已非昔日青衫少年了。

由湘入粵，夏至日在好友龍莘堯帶領下到了東莞麻涌漳澎鎮。早上太陽猛烈，把這個珠江口東岸的濱河區照得發亮。我們把車子停在漳澎河畔，開始遊覽。這個地方叫平樂橋，連接兩岸。漳澎河朝西而流，匯入珠江河口獅子洋。民間流傳的故事，南海龍王把大小兩頭獅子困鎖汪洋中，獅子孤苦伶仃，只能日夜吼叫。這則獅子洋與伶仃洋名稱之緣由，也是南宋愛國詩人文天祥〈過伶仃洋〉中「伶仃洋裏嘆伶仃」的所指。如今，漳澎河右岸的舊式民房已換成高樓，為一個平靜的小鎮帶來了現代化的面貌。

急促的現代化發展中，漳澎仍保留有古老的習俗：賽龍舟。河上已泊滿了準備競賽的龍舟，靜待下午四時健兒來操練。漳澎是龍舟之鄉，多次在國際龍舟賽中摘下冠軍佳績。戰績最為彪炳的是：2018 年漳澎鎮以國家隊身份參加瑞士舉行的第 27 屆「艾格麗薩龍舟國家對抗賽」中，以 1 分 20 秒 87 的成績奪得世界冠軍。

悠揚的河風吹拂下仍是酷熱難擋。河畔一派安靜柔和，我們進入一個船棚內，參觀世界最長的龍舟「冠傑飛龍」。此水中蛟龍長 62.23 米，寬 4.1 米，可容 300 健兒。2010 年由漳澎籍香港商人陳冠傑斥資 100 萬港元建造而成。眼前這隻巨龍升離水面，分作四截，酣眠未醒。我們只能想像當巨龍涉水潛行時，鑼鼓喧天，巨浪翻騰

的壯觀場面。

　　漳澎河左岸「龍舟廣場」上來了一班小學生。讓午晝寧靜的河面瞬間熱鬧起來。年輕的老師帶領著他們，排隊領取午餐飯盒。歡聲不歇，井然有序。教育是國策之一，極其重要，我們要為未來播下豐腴的果實，還是埋下無形的炸彈，便即教育之成敗。民間是真實而政府總是花哨。古時皇帝微服出巡，便是這個道理。廣場兩側有大幅的龍舟浮雕石畫。刀工拙，色澤黯，卻維妙維肖的刻劃出划龍船的人的拼搏精神，呈現出粵方言「龍船行得快，大家好世界」的精彩畫面。

　　離開河岸我們踅入市鎮，途經陳公祠。此祠乃紀念「入粵始祖」陳彥約。據《陳氏家譜》所載：「西元1023 年，陳彥約春詔與兄一道從珠璣巷（粵北南雄鎮）入粵。曾任廣東保昌（今南雄）教諭。」祠堂宗廟古色古香，幽靜無人跡。風隨樹影，鳥聲蟲喧，讓人心神為之澄化。與外邊烈日肆虐，大異其趣。

　　漳澎河流入鎮內，景觀竟截然不同。兩岸民宅，建有津渡，舢舨其間，雜以涼棚，一派江南水鄉景貌。我用手機拍下傳給正在德國遊學的詩人好友雲影，她回：「堪比威尼斯水鄉！」雲影是浪遊詩人，曾寫下這樣的詩句：

　　　　他一直向著海心遊
　　　　夕陽將盡，他沒有回頭

大海一動不動

他一直遊下去的話
會不會遊進鯨群的歌聲
會不會遊進一個人的心中

　　夕陽已然偷偷躡足於漳澎村那些狹窄的巷子裏，我們留駐在粵曲鋪、棋牌店等好幾間不同的店鋪內。時間總是細碎的，在歡娛和忙碌中流走。今次我們未曾聽到龍舟鼓聲，但在回程的廣深火車上，中唐詩人徐凝的詩句卻飄然入夢，那是五絕〈競渡〉：「乍疑鯨噴浪，忽似鶂凌風。呀呷汀州動，喧闐里巷空。」我們現在不知徐凝，但他在當時卻是與李白齊名的大家。明朝楊基《眉庵集》卷五云：「李白雄豪妙絕詩，同與徐凝傳不朽。」聲名，就是這麼奇妙的一回事！
　　漳澎以龍舟名。不必爭名奪利，努力競渡即一切，那便是漳澎精神。

星洲：新與舊，鐵道與長堤

01

　　我慣於追隨民國其間文人對新加坡的叫法，稱為「星洲」。對星洲懷有別樣好感，是來自著名作家郁達夫。郁達夫被認為是小說家，擅長心理小說。但他本質是一位優秀的詩人，留下了二百餘首古典詩，包括傳誦一時的〈毀家詩紀〉，並有〈釣臺題壁〉的「曾因酒醉

鞭名馬，生怕情多誤美人」等膾炙人口的佳句。大學時期，商務印書館「人人文庫」劉心皇編的《郁達夫詩詞彙編全集》是我的手邊書。Pocket Book，170頁厚。「卷三：一九三九———一九四五」便收錄了郁達夫在星洲的全部詩作。旅居星洲學者鄭子瑜教授是研究郁達夫的專家，編有《達夫詩詞集》，並寫有〈論郁達夫的舊詩〉等十多篇相關論文。他曾引用當日「創造社」李初梨的話：「（郁達夫）是摹擬的頹唐派，本質的清教徒。」而一般讀者的認知，只停留在郁達夫是頹唐派的層面上。這是讓人叫屈的，猶之乎我們的文學史稱唐杜牧為風流詩人、宋蘇東坡是豪放派詞人，都是一樣的情況。這是普羅與專家對某些事物認知上的差別。

　　郁達夫是 1939 年來星洲的。他發表在《星洲日報》約七十首詩裏，最讓我動容的是〈映霞離星返國前夕，假南天酒樓，設宴餞行詩（二首）〉。達夫深愛映霞，至於一再容忍她的公然出軌。詩人對所愛的執著，令人難以想像。這裏我背誦「其一」：「自剔銀燈照酒卮，旗亭風月惹相思。忍拋白首盟山約，來譜黃衫小玉詞。南國偏多紅豆子，沈園差似習家池。天公大醉高陽夜，可是傷春為柳枝。」多年前，曾託赴新加坡的好友方寬烈兄替我打聽南天酒樓還在否？事後友人回復，已拆卸了，聞之悵然。我心裏的新加坡，是郁達夫筆下的星洲。

郁達夫有一首〈詠星洲草木詩〉：「星洲草木最繁華，年去年來綠滿崖。月裏風車椰子樹，林中火炎鳳凰花。雞頭新剝嚐山竹，粉頰頻回剖木瓜。難禁榴槤香氣味，有人私典錦籠紗。」星洲確然是個花園城市，而且盛產熱帶的水果。我在武吉士地鐵站的超市內，看到琳瑯滿目的南洋水果。但都售價不菲。

武吉士（Bugis）是著名的商業區。在星洲的八天，兩易旅館，都在武吉士商圈內。這是個交通紐帶，地鐵東抵樟宜機場，西往濱海灣，北通武吉知馬，南接牛車水與小印度，毗鄰國家圖書館與克拉碼頭，地利盡收。

武吉知馬舊火車站（Bukit Timah railway station）是星洲必去的打卡點。這是「偷走新加坡已逝的鐵道記憶」的一個痕跡。鐵路建於 1903 年，原名克蘭芝鐵路，貫通馬來西亞與新加坡，以方便馬來西亞的橡膠與錫礦自新加坡港口輸出。鐵路原有九個站臺，由北而南分別是：兀蘭、武吉班讓、武吉知馬、荷蘭路、克魯尼、紐頓、坦克路、Borneo Wharf 與巴西班讓。現時只剩下武吉知馬站完好的保存下來。

到武吉知馬時已是薄暮，登上附近高樓，可見市區全貌。我在樓頂的天際泳池旁休歇了半小時（下次要帶泳衣），360 度的觀看了這個沒有高山的島國風貌。武吉知馬山高 163.63 米，但不比那偉岸的參天高樓更高。

丹戎巴葛區的國浩大廈（Guoco Tower）是星洲第一高樓，高 283.7 米。

武吉知馬舊火車站內有古老的咖啡店，名字叫「1932 STORY」，紅磚牆紅瓦屋頂，是匆忙的都市人休歇的好去處。那些停歇在路軌上空洞的貨卡，重現了殖民時期的映像。沿荒棄的路軌朝南走，經過橫跨武吉知馬路的鐵道橋，便可返抵阿爾柏王園（King Albert Park）地鐵站。經八個地鐵站可返抵武吉士。

03

早於 1983 年到星洲旅遊，曾寫下三首新詩。分別是：〈獨行在美麗的黑暗世界的甬道上〉〈大雨中過星柔長堤〉〈夜渡聖淘沙島觀音樂噴水池〉。後來收錄於《詩的長街》裏。那時晦澀詩風盛行，我主張盡可能在每一首詩作裏為讀者提供更多的文本以外的相關文字，包括序、後記、說明、注解等，如給予讀者鑰匙，打開詩歌之門。這些我統稱為「詩序」。現引錄其中一首於後：

大雨中過星柔長堤／ 秀實

柔佛海峽分隔馬來西亞和新加坡。其上有星柔長堤，連接新加坡兀蘭區和馬來西亞柔佛州新山市。堤全

長壹點零陸公里，上有公路和火車路。堤南北各有兩國
之關卡。車過長堤，連闖兩關。

> 關卡之後
> 車子在兩片陸地間且行且停
> 左右，海水黯淡得
> 像幾片破裂了的磨沙玻璃面
> 這是柔佛海峽
> 狹狹的一髮，區分開島與半島
> 星柔長堤，浪濺雨打中
> 窄窄的六線車道，單程鐵軌
> 又將半島和島，牽連起來
>
> 對面，是柔佛的新山市
> 大雨的厚布簾後
> 高樓，控制塔和小山崗
> 如皮影戲的佈景模樣
> 只賸下一個剪紙般的輪廓
> 回首，兀蘭山坡上的徙置高樓
> 水箭萬千，窗扇疊疊
> 島國極北，水迴陸盡
> 但關卡之後，大雨伴我們又登陸

過星柔長堤的體驗非常好，這不指繁忙的交通與等

候的時間，而是一個浪遊人於空間轉移上的獨有感覺。相隔了四十年後再過長堤，兩岸換了人間，我換了華年。早上越境，傍晚返回，髣髴神話裏的夸父，與日影競逐。

　　熱鬧的聖淘沙島之外，星洲還有寧靜的烏敏島，這與武吉知馬舊火車站、星柔長堤都是星洲的另一面，在旅遊勝景與文學書寫之外。

（二零二三年八月十五日凌晨 2:25 婕樓。）

桃花源與司馬樓：
常德市的詩人遺跡

01

　　常德市即古之武陵，為晉朝詩人陶淵明〈桃花源記〉
起首所述的「晉太原中。武陵人捕魚為業。」現時常德
市下轄二區六縣，桃源縣即為其中一縣。此縣被認為是
陶淵明筆下的理想國桃花源的所在。第六屆張家界國際

詩會完結後，我坐「動車」（相對於高速鐵道列車，指普通的火車）來到桃源縣，來接風的是「桃源詩社」的一聚詩人。

桃源縣流傳著一段歌謠云：「桃花源，仙人住。小山雞，飛上樹。」十二個字寫出了此地的自然清幽與環境共融，與城市大道如矢、車馬喧囂的景象截然不同。這個民間詩歌組織，竟然設於道教寺廟「桃川宮」裏。早上我們邊喝楊梅酒，邊談論詩歌，午間稍歇，便開始遊覽桃花源了。今日的桃花源成了一個著名的景區，有遊覽車穿梭。「尋向所誌，遂迷，不復得路」的情況，已不會出現。整個桃花源設有十個站點，我們遊覽了桃川書院、景區北門、桃花源酒店、桃花山、秦街、景區南門六站。桃川書院始建於唐，當中留下靖節先生詩句的書法石碑：「薔薇葉已抽，秋蘭氣當馥」。桃溪極美，花木相映，好比人間仙域。一如中唐詩人韓愈的「船開棹進一回顧，萬里蒼蒼煙水暮」筆下所詠。

溪畔有「淵明祠」，祠旁有「方竹亭」。此亭建於明朝萬曆 23 年（西元 1595），本名桃川八方亭，八面八角，三門四窗，牆體雪白，亭頂翠綠，簡樸雅致，一說這裏的竹子都呈方型，故名。我仔細觀察，以手撫摸，並不如所言。淵明祠內還有其他景點如「桃花觀」「秦人宅」「玩月亭」「遇仙橋」等勝景。當中玩月亭是因中唐詩人劉禹錫的〈八月十五夜桃源玩月〉詩而得名。當日詩人中秋夜於此賞月，今朝我重臨，此景無異，此

情相通。

據聞景區內有劉禹錫草堂，在雞鳴谷口，是五間相連的草屋。劉禹錫被貶常德，常寓居於此，深宵對月苦吟。但因天色漸晚，錯失遊覽機會。

桃花源一般認為是虛構之事，與孔子的「大同世界」，愛爾蘭托馬斯‧摩爾的「烏托邦」，英國詹姆士‧希爾頓的「香格里拉」，同是現實中世人的幻想寄託。但我國南齊時代地誌學家黃閔在〈武陵記〉中有這樣記載：「武陵山中有秦避世人居之，尋水，號曰桃花源。」可見桃花源實有其事，非盡是詩人想像。

02

常德的市花是梔子花。此花清香潔白，花瓣同心。劉禹錫曾有〈和令狐相公詠梔子花〉：「蜀國花已盡，越桃今已開。色疑瓊樹倚，香似玉京來。且賞同心處，那憂別葉催。佳人如擬詠，何必待寒梅。」此詩是和大詩人令狐楚所作。令狐楚當時是朝廷上最著名的詩人，其詩「宏毅闊遠」，每成一詩，「人皆設傳」。然事實是，令狐楚的梔子花詩並沒有流傳下來，詩名也在歷史長河中湮沒。而劉禹錫非但有詩，在常德更有紀念他的「司馬樓」。詩名並非可爭（任官、有財、活動多）之物，最終還是讓作品等待時間的審判。

劉禹錫因為推行朝政改革而被貶常德（古稱朗州）十年，任司馬一職。司馬是刺史的輔佐，然無實權。但詩人樂觀豁達，貶後回京，留下〈元和十年自朗州至京戲贈看花諸君子〉與〈再遊玄都觀絕句〉兩詩。有「玄都觀裏桃千樹，盡是劉郎去後栽」「種桃道士歸何處，前度劉郎今又來」的詩句。其言外之意在諷刺無疑。但經歷一連串風波，劉禹錫也老了，他六十四歲時寫的〈酬樂天詠老見示〉有「身瘦帶頻減，髮稀冠自偏。廢書緣惜眼，多灸為隨年。經事還諳事，閱人如閱川。細思皆幸矣，下此便翛然」等句，充分顯出詩人的智慧。官場傾軋，恩將仇報，然年邁不衰，便即人生的贏家。

　　司馬樓座落於常德市柳葉湖區。柳葉湖屬洞庭湖，南臨沅水。為常德市最美的自然景區。「晴空一鶴排雲上，便引詩情到碧霄」乃劉禹錫筆下的柳葉湖。我在常德三天，曾兩訪司馬樓。一次是湖畔晚宴後，徒步湖濱。司馬樓的燈火照亮了寧靜的湖面，彷彿詩人黍夜仍蟄居樓上，慇勤修書，為百姓向刺史建言。我們在親水臺看黑夜中的柳葉湖，對岸常德城的燈火如篝火般燃燒。隔天天氣晴好，午後我們又驅車來訪。司馬樓前的雕像清晰可辨。此像高 4.2 米，詩人衣袂飛揚於煙波浩渺之上，身旁兩隻白鶴，其一展翅，其一低首。白鶴是仙禽，伴詩人側總勝於伴君側。

　　白天的柳葉湖風光明媚，環湖諸山皆雋秀可觀。波平如鏡，煙水浩渺。我們勾留良久，閒坐於連廊亭閣上，

清風浮雲，極其閒適。不覺天色漸暗，半日失逝。我們坐上行旅車絕塵而去，留下河山永在。

（二零二三年九月十一日早 10:15 深圳福田桔子酒店 2721 房。）

山稜、海岸線與藍邊界：
霞浦自然美學

我野性難馴，最長的黃金海岸線／群鯨合唱
————詩人吳素貞

　　福建省霞浦舉辦第二屆「國際海洋詩歌節」，10.23
午後一時我乘廈門航空自臺北城飛往福州長樂市，轉乘
專車到霞浦。抵達海悅酒店時已是彩霞漫天的薄暮時

分。房間在十五樓，對面盡是新建的高樓。看來霞浦並非濱海小鎮，更像是一個小型的港都。

霞浦的海岸外有島嶼，島嶼外又有星羅棋布的小島嶼，如天仙布局，擁有曲折優美的海岸線。詩會的開幕式於「霜降日」在下尾島舉行，江南的「霜降」只是具有詩意的一個節令，秋陽不遜於夏日。之後我們遊覽這個面積只有 0.1 公里的下尾島的奇幻景觀「海蝕洞」。青春詩會詩人吳素貞在她的〈下尾島海蝕洞忽憶〉詩中，有「這讓我想起一座島的胸膛／它的肺活量是眼前整片海域」的描述。海蝕洞可容百人，寬廣有如一個籃球場，但潮漲時卻完全淹沒於蔚藍中。下尾島外即茫茫東海，連接大洋。而眺望對岸山巒，人間足跡，發電風車屹然聳立，自然的原貌與科技的現代構成獨特景觀。

遊過海蝕洞，乘車沿岸而行，忽見一嶼，峰巒起伏，狀如筆架置於大海中。腳下是曲折有致的海岸，前方是參差起落的山稜，其間是天海一色的蔚藍。山稜、海岸線與藍邊界，這便即霞浦的自然美學。大海為案，筆架山其上，綵筆都給過路的詩人攜去。後來在彎角處遇到一間白色小屋，建在岬角高地，這即寧德旅發的「海邊書‧‧咖啡‧詩空間」。優秀的作家總擅於命名，如美國帕梅拉‧保羅的作家訪問集《枕邊書》，民初周作人的散文集《雨天的書》。而在這丹灣觀景臺，賞海如讀一本海邊書。這裏是看海的絕佳地點。所謂詩意，不過如此：在明亮的玻璃窗後，讀霞浦詩人湯養宗的《偉大

的藍色》,喝一口阿拉比卡,看無盡的藍漫漶著天與地。偶爾有一隻悠閒的白色候鳥飛過,沉緬之際,親民盡責的文聯主席陳華妹的聲音輕如白羽:快來集合,我們要吃飯去啦!咖啡詩空間裏有好幾首「玻璃詩」,即把詩寫在玻璃上,讀詩,也讀詩背後的晴天或雨天。詩人謝宜興詩句「大海不會在一潮一汐中老去半日」,大海與潮汐為它背書,真是曾經滄海、除卻巫山。

在悠長的大京沙灘,想到阿根廷詩人博爾赫斯〈深沉的玫瑰〉:「沙礫不知道自己是砂礫/任何事物都不了解它獨特的模樣」。這裏,確然是這樣,太多的美學等待遊人來發見與破解。那些停泊著的嬉水的小船,讓人感到寧靜的熱鬧。稍作逗留,我們便登上遊船。談詩,看落日。落日是一行詩句,先是緩緩而行,然後戛然而逝,留下海面上漂浮的光影,待天色全然黑暗,便即文字背後的夢的開始。山稜連綿,島嶼布列,裝置藝術般,在光暗的推移下不斷在這個海天的舞臺上演出。霞浦日落,成就大美的代名詞。

翌日到了愉村半舍,一家臨海的民宿。霞浦海岸,處處風光。山坡上有一大片綠草坪,是看海的好地方。此處海面,放眼盡是一排排序列整齊的魚棚,延伸到外海。那些竹枝與木樁在海面上構成一幅奇異的畫圖,如深淺不一的景物素描。坐在秋千上搖幌,擺動角度大時,海平面驀然豎立,地心吸力恍如來自面前。似真若幻,讓一幅寫實的山水畫圖,瞬間變成印象派作品。

霞浦之藍天與碧海，山海間的群山與島嶼，在冬夏晨昏、在風雨晦明間，都有著不同的面貌。湛藍的面、曲折的線、不規則的點，共同築構了霞浦的自然美學。江山如畫，看畫的人絡驛不絕，來了又離開，而霞浦風光依舊。告別霞浦，猶如一堂美學課的下課鈴聲響起！

（二零二三年十月三十一日夜 9:50 婕樓。）

幽暗的旅館房間

　　這些年一直在漂泊。到不同的地市入住不同的旅館。因為經濟的考慮，在網上都挑中價的。只要不是那些廉價的賓館，房間都相當可以。當然，中價的不可能有很寬敞的空間。有時幸運，會遇上「房間升級」的優惠，得以住進擁有玄關和客廳的豪華套間。

　　一直找不到一個喜歡又貼切的詞語，來形容我這種旅館生活。「漂泊」勉強可以接受。不喜歡「流浪」，

好像是一個磨滑了稜角的詞語，呈現出虛假與造作的狀況。「浪遊」也不夠好，感覺太年輕和不負責任。至於「流離」「飄零」「漂蕩」等，更不是這回事。然「旅館生活」這個詞，我極喜愛。

必得是無煙房間。樓層在九樓或以上。窗子最好朝向一個城市的繁華地段。寫作困倦了，我會倚窗而立，看城市在夕照下慢慢把霓虹點亮。先是幾盞招牌，集中在一條街道上。那個大幅的「釣蝦場」閃爍得特別亮眼。然後東北角夜店的燈打起，最終如水般漫漶，城市的夜如一鍋水，慢慢沸騰。法國攝影大師尼古拉斯·米勒被譽為「新黑色攝影師」，其鏡頭下的紐約城初夜，剎那定格較之遊目四顧，更觸動旅人的靈魂。旅館生活，看一座城的夜幕降下，是如何的無可言說。

寫過一首〈旅館〉：

我們的旅館座落於這個城鎮的某條街道上
如一個城堡禁錮了幾許事物曾經霜雪
六月，窗簾外是南方無垠的靜默和湛藍
飄懸著雲絮的光影、流浪的羽翼

夢想中的港灣應該比未來更貼近
臝聚著的船隻等候遠方風暴的訊息
我們卸下沉甸的記憶與昨天
穿過沙舌堤上大片的木麻黃帶

當黑夜降臨時點起一燈的羸弱
困在房間內，沉默和話語都零碎而殘缺
肢體如一尾放歸大海的魚
在幼滑的海床上把夢化為無聲的泡沫

某夏漂泊到濱海小城汕尾。白天遊覽紅海灣與沙舌島，晚上在二馬路吃晚食，回旅館深宵寫的。南窗之外，「大海在其南」（韓愈〈祭鱷魚文〉），我在寧靜的海濤聲中寫成。每個字都像泅泳在海浪裏，給我逐一撈起，擱淺在沙灘上；或是一堆海中的漂木，我檢拾起來點燃為篝火。

旅館空間極其迷魅動人。剛進入時，把電子咭插進咭槽，一屋亮起，如一個空間的轟然誕生。先看到寬闊而雪白的雙人床，柔軟得像誘惑我躺下。然後是半闔的窗簾，和模糊的窗外風光，我輕輕地掀開，讓世界的景物呈現，朝一片蔚藍大海或半屏蒼翠的山，又或下臨繁華的馬路，雜亂的舊區矮房子。無論何者，都有在塵世裏作一個局外人的感覺。然後我打開行李箱，取出用品，再煮水，泡一杯 85 度 C 的曼特寧或日月潭的阿薩姆。在案前讓自己空洞在房間裏。

入住過高雄城左營區水京棧（H2O）。名字極雅，卻與我格格不入。我雖好詩卻不慕雅，自帶三分鄙俗。印象最深的是，子時立在高樓南眺一城夜色，愛河燈火，

這岸對那岸，發覺港都之夜，如此美不可喻。良久沉溺其間，偶一轉身，一室幽暗撲來，只有沐浴間的燈火，自門縫間瀉出。按下筆記本的「儲存檔案鍵」，便逕往沐浴間去。

讓房間在幽暗中無言。有時，會擰亮沐浴間的玻璃窗，看到房間傢俱的擺設。而我一直把這個狀態叫作「沉思房子」。入住過嘉義城的耐斯王子飯店，一所貴族氣派的居停。房間陽臺面對阿里山。但你得從群山中分辨出神祇來。山有神靈，並非虛言。薄暮時分，山稜逐次隱滅，小城開始下沉，山嵐霧氣漸濃，燈火如溢滿盆中的水，流瀉而至。那些逐漸密集的亮光，朦朧分不清那裏那兒。世間可以如斯安寧，山外的紛擾，到底所為而來！

臺北城公館區的修齊會館是我常蟄居的旅館。房間雅潔，窗明几淨。三樓設有閱覽室，晚上我常耽在這裏，看視頻或寫作。這裏是臺灣大學水源校區，旺中取靜，生活機能完備。門開門掩，出入的旅客極少，氛圍自是不同，更像一所安靜的研究生宿舍。這一帶常能勾起我求學歲月的點點滴滴。有些店鋪仍在，更多的已煥然一新。最明顯是校門左側的一片平房店鋪，已全然拆卸，當日常流連的「香草山書屋」如一樁無頭案件，消失的無影無蹤。映畢業照的「老二照相館」仍在，狹窄的磚梯和玻璃門依舊，歲月彷彿一直作客在這裏。紀念冊的裏學士照配上的文字，仍記得如下：「君意如鴻高的的，

我心如颭正搖搖。千里雲山何處是，幾人襟韻一生休。」
騎共享單車穿過臺大校園的傅鐘、醉月湖、瑠公圳、鹿
鳴園等，橫越羅斯福路返抵修齊會館，總帶著歲月的情
懷而至，剎時我不點燈，在這個幽暗的旅館房間裏或臥
或坐，茫然若失。

（二零二三年九月二十六日凌晨 1:30 婕樓。）

新上里

（我常把敲打鍵盤的聲音比擬作雨聲）

　　一九年末我結束臺北文山區戶籍，南遷高雄左營區新上里。至此卜居於保靖街水丰尚。房間不在高層，陽臺對面是兩層平房式的建築，一邊是中醫院，一邊是寵物店，讓高雄的藍天予我精緻的一方。下臨明華一路，馬路旁那些高三層樓的廣告板花花綠綠的展示了這個城

市的色彩。窗扇大半朝南，三民區雜亂的城市景貌布列其上，然並無可觀之處。雨水天時，打在平房屋頂上的雨聲清脆而沉重，我常比擬為敲打筆記本寫作時的鍵盤聲。南窗可辨陰晴，西窗為毗鄰所阻，故常以「洞穴」喻所居。「巖穴之士，趣舍有時若此」，儼然有亂世中隱居之意。而自此我便成了「高雄人」。

房間二十一坪，除了衛生間外，都開放為一個空間。我買下的原因是：設計與一個旅館房間無異，只是多了一個晾衣的陽臺。二十年來飄泊浪遊，已然習慣了旅館式的生活。床畔寫作與烹茶，累了便躺在床上滑手機，或泡一個熱水浴，極困倦時就倒在床上。有時時來風送，迅抵夢土；有時船過黃牛，輾轉無眠。

大樓建設質量甚佳，疫情荒廢的三年，並無半絲異狀。房間設備也頗可觀。有高級的電子大門鎖和智能坐廁，友人並送來地板機械人與汽炸鍋以賀新居。其餘設備一應俱全。我倘佯其中，常想及劉禹錫的「陋室」、杜甫的「茅屋」與蘇東坡的「放鶴亭」來。改不了這種附庸風雅的陋習，最終為此居停取名「秀實居」，並附一行小字：「這個房間因為愛的牽引而繫於港都之上。」後來我寫下組詩〈疫間行臺〉，其中〈水丰尚〉一詩，四節十六行如後：

我已安頓下來，而水丰尚卻在漂流著／既非拜倫航向拜占庭的帆船或韓波的醉舟／也非青蓮散髮明朝的扁

舟或漱玉的蚱蜢舟／柳宗元獨釣寒江雪之孤舟，庶幾近
之

　　就這樣，孤寂的水師駐於左營／判斷那是一場持久
戰。我伐木造桌與椅／置柴與皿待炊，並屯積過多的可
燃物／那一堆堆的書靜待著網絡的一場烈火

　　唯一的議和機會出現，漂亮的使節叩門／在棧貳
庫晤談。第一階段後突然來了暴雨／在倉八延續第二階
段，三時後走過旋轉的大港橋／在微熱山丘聚餐。然後
會議結束

　　常用空城計。門以指紋辨識開啟／走道設感應燈。
仍在徵兵制與募兵制間取捨／城上的浮雲從未停歇，高
懸的旗幟上／「婕」字在風中飛揚為派別

　　保靖街的店鋪少，晚間極為安靜。寫作完畢，從打
烊的 MINI D COFFEE 沿富民路走回。最熱鬧的是那一排排
的路燈與二十四小時無休的小北百貨，康富萊和全家，
偶爾還有小貨車的商販在路邊擺攤。偉岸的高雄城沉
寂下來，卻仍有暗暗騷動的氣息，不眠的人方才知曉。
有時我會順道到鹵味店帶回豐盛的夜宵，以供我深宵寫
作。一屋靜止，只有我的思想在忙碌。時漏滑行，一晃
便是寅時。我才不捨溜進夢鄉。

　　富國路與保靖街交界處的富國公園面積不大，修繕
也缺乏。我騎共享單車繞行時，腦海裏常會為此作出空
間規劃，那裏種季節的花卉，那裏設涼亭竹棚。休憩椅

子與健身器械如何擺設。也構思了多種不同的公共空間藝術裝置，如「雕塑家展品」「詩人半身塑像」等。樹木雖則挺拔蒼翠，但草坪欠缺維護，大面積露出泥土。圍欄不足，曲徑蒼涼。常有喜鵲、烏鴉等雀鳥流連，那時經常出沒在欒樹下那隻孤單的蒼鷺，最近已不知所蹤！

　　共享單車劃出了我日常生活的圓周，北至高鐵驛，南抵火車站，東連澄清湖，西接美術館。有時會突破到更遠的鳳山古城與六合夜市。偶爾去巨蛋商場，當一個豐衣足食的「普羅」。薄暮時分，常在河堤路上溜車，穿過社區景物的忙碌，時光往往比車速更快，不覺街燈與霓虹點燃，便找一間愜意的小店晚餐。

　　高雄城宜居，也宜詩歌創作。高雄的雨聲一如我寫作時鍵盤的聲音。

（二零二三年八月十八夜 10 時婕樓。）

高雄的海

（旗津回來，一個城便如此異於以往。）

颱風過後，這天的早晨與傍晚，都來了一場雨水。節令恰巧是寒露，臺灣是寶島，百花依然盛放。傍晚雨歇，我才出戶，走在城市的彎曲街巷中。唐朝盧照鄰〈和王奭秋夜有所思〉的「窮巷秋風葉，空庭寒露枝」最感人，寫的原是鄉鎮，卻甚貼城市浪遊人的懷抱。

然高雄城的雨水，更多讓我想到大海來。高雄是港都，背太平洋而面台灣海峽南端。寒露之後，高雄港看日落，最為華美富麗。知名的是西子灣日落，其醉人美景已有大詩人余光中〈西子灣的黃昏〉的描述。此詩為詩人集中最優秀的作品，讀了讓人興起「眼前有景道不得」的嗟嘆。

　　幾隻貨櫃船出港去追趕落日
　　快要追上的一刻
　　——甲板都幾乎起火了
　　卻讓那大火球水遁而去
　　著魔的船隻一分神，一艘
　　接一艘都出了水平界外
　　只剩下半截晚霞斜曳著黃昏……

詩末的「只有不甘放棄的白堤／仍擎著一盞小燈塔／向遠方伸出長臂」，便讓人想到黑暗中高雄港外神秘而茫茫的大海來。暗夜的海交給了星空和月華，回到了只賸下海浪聲的漆黑。「當宇宙一轉身，我的悲愴瞬間即成了永恆」，我描摹不了夕陽西墮的大海，只留下這般柔弱的詩句。

　　最是難忘的看海的日子是一九年，七月颱風天。在大風雨中友人驅車載我去紅毛港。車輛自沿海路趄入中林路時，馬路已成澤國，輪子的四分三已沒入水中。朋

友問，要否堅持前行，我說，沒事，運氣常在。車子駛進大林埔南星路時，情況好轉。我道，陸上行舟，不用急。所以後來我有了這樣的書寫：「紅毛港是一個目標我必抵達，那裏有 / 一艘為我私奔而來的帆船」。終於我們平安「航行」，抵達半島最北端的「紅毛港文化園區」。

紅毛港文化園區位置殊勝，可以近距離觀看泊岸的貨櫃巨輪。距離是決定景觀的重要因素，譬如看餕火，在酒店房間與在海傍便是截然不同的。隔著落地玻璃，把盞智利紅酒，看餕火璀璨，你會感到盛世繁華；然你立在海旁，餕火在你頭頂上爆破，瞬間化為煙縷，黯黑來襲，你會感到比煙花寂寞。走過天空步道，撐著傘在滂沱大雨中立在觀海平臺的欄杆旁，看風雲譎變的高雄的海。深淺不一的墨藍的雲在攪動，沉重的浪濤聲震蕩著，海天不分，雲浪無差，大海如斯壯觀的情景讓我久而不忘。對面便是旗津，一一九號碼頭的踉蹌燈火，在橫雨狂風中搖搖欲滅。驚濤駭浪後，在幾個展示館走了一匝，便在高字塔旋轉餐廳吃小火鍋。回程乘風，路上車少，不覺便返抵左營。

終於領略到風平浪靜的高雄的海。我們到了旗津北的旗後燈塔時，是早上十一時半。那是一個制高點。往內港方向是八十五大樓等雄偉的城，往外海看是旗津悠長的沙灘與依依不捨的大海。這是台灣海峽之南，海峽在這裏豁然開闊，湍急的海流稍稍緩和。海水一片蔚藍，

間中有浮雲投下的暗影。城中無蔚藍，只有立在岸邊看四月的高雄的海，才有如此稀罕的蔚藍。水之蔚藍是罕見的，清朝詩人王士禎〈池北偶談〉有「十里清淮水蔚藍，板橋斜日柳毿毿」句，海之蔚藍應該與天空之倒映有關。天空無垢，大海無塵，才會有蔚藍一色。

旗後燈塔與周遭景物極調和，旁邊有海岸線咖啡館。燈塔白天沉默，晚上是大海閃爍的話語。我們在咖啡館歇息後便往旗後炮臺走去。炮臺的地理位置當然更勝燈塔。燈塔是讓船看，炮臺是要看船。兩者十分巧妙的互補。炮臺的維護很好，我們在壁壘上看無涯的大海。想像海面千舸競渡，海裏魚龍麕集，何其壯觀也。

　　台灣海峽這個地理名詞很安靜
　　狹長的旗津如一尾擱淺的
　　牙帶魚，或說，寓意收割的鐮刀魚

　　喜歡說話的眼眸，在當日的廢墟上
　　看永不變改的墨藍色。身體和堡壘的裂痕
　　如今讓風平靜的輕撫

這些詩句，很好的寫出了海與島的關係。海洋與陸地的牽連，是魚族。漁舟唱晚，便是要回歸岸上。

「旗津回來，一個城便如此異於以往」，這是在高雄看海後，我詩的最後一行，也是我的感懷。

（二零二三年十月九日早 7 時水丰尚。）

甜高雄鹹臺南：
橋頭糖廠與井仔腳鹽田

　　「掌門詩社」四十五週年社慶在高雄橋頭糖廠舉行。當日友人開車帶我們從臺南過去。抵達「白屋文創」時已擠滿了詩人。此處原為橋頭糖廠的招待所，為一所白色的日式木構建築。據說曾接待過日治時代的台灣總督兒玉源太郎。如今這個藝術村回歸民間，成為南臺灣

詩歌活動的舞臺。

因之順道參觀了橋頭糖廠。糖廠舊稱「橋仔頭製糖廠」，是台灣第一座現代化機械式製糖工廠，於 1901 年啟用，現列為市定古蹟，已有逾百年的歷史。南台灣盛產甘蔗，嘉南平原處處甘蔗田，是製糖的原料。園內的製糖工廠、紅磚水塔、日式木屋，乃至於防空洞等設施仍然保留完好。最為吸引的是那輛「五分車」，安靜無語地停歇在 762 公厘軌距的路軌上。想像當年板車上堆滿刈割下來的甘蔗，從郊野過橋越嶺，抵達糖廠的景況，緬懷中又略帶唏噓。歲月的步履不停，換了時代，且夕在運作的工廠如今化身為「臺灣糖業博物館」，成了一個熱門的旅遊景點。所謂五分車，是配合糖業而興建的專用運輸鐵路，現時保留一小截在運行，供遊客親身體驗。

糖廠內有一株雨豆樹（Samanea saman），是我最為在意的。樹高逾二十尺，此時已秋，天氣仍熱，但雨豆已開始落下如豆般的小葉子。樹蔭廣，常見遊人樹下歇息。時代漫長，這一代人走遠，下一代人已然現身在路上，惟有雨豆樹年年抽芽長葉，秋風起便飄下如雨的葉子，鋪滿樹下的咕咾石。人間滄桑，而老樹依然。想及宋代辛棄疾〈水龍吟‧登建康賞心亭〉的「可惜流年，憂愁風雨，樹猶如此」，倍為嘆息！

糖廠留下一堆日治時代的建築物，大都保育完好。建於 1940 年的「廠長宿舍」最具代表性。屋的建築主

體是檜木，屋瓦、樑柱、窗櫺的斧鑿工極其精致。日式建築的特點是有屋架，以防潮濕防蟲鼠。屋內庭園植有移植自錫蘭的橄欖樹與緬梔花，午間耽在這裏，清幽怡人。走過「糖業歷史館」與「鐵道景觀休憩區」後，對當日臺灣盛極一時的糖業，自然有了一定的了解。

臺糖冰品展售中心有紅豆、芋頭、花生、鳳梨等不同口味的冰棒，還有頗具特色的「杏仁蛋黃冰棒」。冰淇淋則以鮮乳口味最受歡迎。這是大地給予我們的「甜」。大地恩情，如此真摯而平等。

翌日，朋友開車帶我們去了臺南的井仔腳瓦盤鹽田。我們是參觀了水晶教堂才抵達鹽田。生活就是這樣，從浪漫回到柴米油鹽的現實。進入鹽田區的柏油路旁陳展著十餘位臺語詩人為鹽田而寫下的詩句。我看到熟悉的謝安通〈鹽山之歌〉、方耀乾〈鹽〉與黃徙〈鹽，莫問出世蹛海邊〉，但因為都是臺語，有些詩意只能忖測。方言寫作限制了作品的流通。寫詩要以「鹽」為師，其結構為精致的結晶體，其海洋味道並無設置界限。後來回旅館房間，我也留下這麼的兩行，意指所有的書寫，能回歸生活的日常，才有意義：

眺望大海，看不到一粒鹽
在井仔腳鹽田看到整個世界的海洋

鹽田一望無際，劃分為整齊的方格。中間有小路相

通。這些方格都是大小的蒸發池，在南臺灣冗長的日照中，慢慢凝結為顆粒。其中設有哨所與高臺，與鹽田和錐狀的鹽山，形成了一種極為動人的美學景觀。那時正是午後六時，夕陽如金烏現身於雲層中，金黃的霞光映照在鹽田上，如為大地塗抹色彩，景色震撼迷人。

　　海邊防波堤下建有簡陋的「豬母廟」，或稱「牲畜有應公廟」，以為鎮海。當中的民間傳說，真樸動人：村民誤殺懷孕的豬，此後地方不靖，乃請示英靈宮紀府千歲，諭示建祠雕像奉祀，即可太平。其由來如此。天色漸黯，海風愈緊，我們到紀念品店參觀購物。最具特色的是「生日海鹽能量球」，把海鹽放進一個球狀玻璃小瓶內，繫以彩繩，懸於頸項，可保平安。其他有頂級鹽花、海鹽牙膏、招財能量晶球等。這是大海給予我們的「鹹」，海藏珍寶，如此誠摯而普施。

（二零二三年十月二十九日午後 2:45 左營水丰尚。）

臺北士林：
遇見詩書畫

01

　　中午與詩人林煥彰在士林捷運站見面。一個長時期
寫作的人，踏入晚境，其寫作習慣必然出現調整。林煥
彰這些年一直寫他的「生肖」詩與畫，按年結集。時光
荏苒，終於剩下三、四個生肖便大功告成。寫一本，與

寫一系列，是大有不同。十二生肖，循環往復。詩人本就是與時間拔河，這才是令人敬佩的。癸卯年屬兔，詩集《玉兔・金兔・銀兔》的序是我的〈被狩獵〉。當中有這樣的結論：「遠城府而近鄉郊，寡言而勤於寫詩作畫，作為一個臺北城的詩人，林煥彰晚年完成了他精神上的歸園田居」。確實，這些年詩人一直半隱於九份山居，雅名「半半樓」的狹小房子裏。穿越塵世之喧囂，回歸山間的雲煙，是生活，也是心境。

除了這本外，煥彰還給我帶來了喬林的《基督的臉》。那是一本小詩冊，不足 100 頁。1972 年版，列為龍族叢書第八號。此詩集的特色是，每首詩均附有詩人施善繼的「解說」。這是舊書市場上有價的「商品」，估計值 800-1200 臺幣。喬林詩自有特色，其詩句常在重複中略作變改，具有較強的音樂性。從前讀〈我家的燈〉印象深刻，因為言外有意：

左邊一排燈，亮著一排人家
右邊一排燈，亮著一排人家
我走在街上

我家的燈
也在我望得太久
而模糊了的眼睛裏
亮著

我曾想過，詩的第 2 與第 3 行互換，不就成了形象鮮活的「圖象詩」嗎？煥彰帶我到捷運旁的一排食肆中挑選，我選了間日式小店。店有些老舊，頗有日本巷子裏那些小店氛圍。老闆是中年胖子，很執拗，完全是那種側重家族經營而忽略營商環境的自家小店的作風。我們點了日式松阪豬定食。味道還好，份量也適中。

02

　　飯後來到了另一邊的「胡思二手書」，英文叫Whose Books。店名很有意思。最終會是誰的書，已經是二手的了。書本是很奇特的，如果好書，或曰契合於你，無數次的二手也無妨。所謂「二手」，背後約略有一種價值觀存焉，即更側重內蘊而輕外表。當然更為理想的是，書封與釘裝仍舊保持相當的完好。胡思以往在公館商圈也有一間，是典型的二樓書店，即是不仗門面與人流，只相信愛書人的觸覺。每次我北漂臺北城，下榻思源路修齊館，閒時都會穿越煙火氤氳的食肆市集，踏上水泥梯階，在這裏尋書。公館胡思有兩層，上層收藏了很多古舊的外文書，以英語日語為多。下層靠窗的角落是咖啡座。玻璃窗外是一株木棉，然後是繁忙的羅斯福路三段與新生南路的十字口，再後便是極不顯眼的臺灣大學正門了。在這裏，我寫下〈雨天，在胡思二手書店

念想遠方〉一詩：

> 來到這間書店，窗外仍舊雨聲沙沙
> 燈火點燃著那脂粉般的夜色
>
> 忘不了那甜與溫暖的平原如腹
> 而現在，我流浪中思念著這個
>
> 永恆的遠方。我已設定了季節與風向
> 堆積了足夠的糧草餵貓，種植大片的
>
> 檸檬樹，儲存陽光和維生素 C
> 讓妳健康地歡笑，也想著那相同的遠方

　　士林這間胡思是街鋪。地面與樓上兩層。十分雅致。獨立書店很是奇妙，彷彿在城市裏築構了一個異樣空間。你一推門進入，便掉落在另一個時空裏去。那些禁鎖在書冊裏的文字，只要你釋放出來，世界便隨著這些述說而改變。書店內張貼了許多相關的海報，樓梯盡頭是「文壇封鎖中：臺灣文學禁書展」「傳奇：席德進作品私藏展」兩張。這裏書架甬道的兩旁是形形色色的書封，外邊士林街道兩旁是琳瑯滿目的商店櫥窗。一道玻璃門，隔開了兩個截然不同的空間。

　　「藍色幻想曲——余佳芳創作個展」的開幕式下午二時在士林區行政大樓文藝走廊舉行。余佳芳留學巴黎索邦大學。據宣傳單張說：「（巴黎時期）透過反覆思考與實驗的歷程，讓佳芳的作品逐漸成熟，也使她從一個寫實畫風的甜美女孩，成長為一個狂野自信、意志堅定的新銳藝術家⋯⋯她的作品處處流淌著美的狂喜與內在湧動的原欲。」

　　藍色既屬暖色系也屬冷色系，畫家借伊夫・克萊因的話說：藍色是天空、是水、是空氣，是深度和無限，是自由與生命。（Blue suggest at most the sea and sky, and they, after all, are in actual, visible nature what is most abstract.---Yves Klein）。顏色、線條，為畫家與世界對話的兩大語言。佳芳以藍色主調，寄託思鄉之情，在深淺形狀不一的「藍」裏，隱藏有家鄉的「玉蘭葉」與「貝類」。印象派畫作一般難以為觀畫者明瞭，因其泯滅了客體的形狀而傾側於內心世界的直接呈現。當物沒有了「形」只餘「光」時，那些代表了光譜的顏色便即畫家的內心。佳芳挑選了「藍」，自是其思想真實的寫照。我想像佳芳穿過展覽的甬道，其藍色的畫作逐一呈現，有如走在其家鄉多雨的巷道中，是如斯的浪漫感人。

　　藝術與文學都可以是一種技法，然判別其真偽並不困難。真正的藝術家或詩人，藝術必融入其生命裏去，

而其氣質為眾人非議者必多。老練這個詞語，對藝術而言是貶義。佳芳引領觀眾觀賞其畫作，略帶羞澀與靦覥，藝術予她滋養如自然中膏之潤澤，浸淫肌膚。如此則其可盼於明日者，必更臻層樓。

（二零二三年十一月三日午後 5:30 將軍澳寶盈花園 fairwood。）

真實的亭閣，虛構的宅，橘子的洲：
燈火長沙

　　高鐵時代，從香港到長沙只要三小時零十分。長沙
城於我而言，是唐詩裏的，尤其是劉長卿的〈長沙過賈
誼宅〉：「三年謫宦此棲遲，萬古惟留楚客悲。秋草獨
尋人去後，寒林空見日斜時。漢文有道恩猶薄，湘水無
情吊豈知。寂寂江山搖落處，憐君何事到天涯。」予我

深刻印象，也因此知道當下煙火繁華的長沙城中，有一個「賈誼故居」。然同行的一眾詩人沒提及，我也只好獨自吟哦李商隱的「宣室求賢訪逐臣，賈生才調更無倫。可憐夜半虛前夕，不問蒼生問鬼神。」長沙旅遊局，也是重杜甫江閣、愛晚亭與橘子州，而輕賈誼宅。我查閱谷歌地圖，發現賈誼故居就在五一廣場不遠處，如今圍困在稠密的民居與大廈間。當日的「秋草」與「寒林」景貌應該不復存在。為此我寫了〈虛前席——虛擬長沙過賈誼宅〉一詩：

> 在長沙，卻不曾像劉長卿到過賈誼宅
> 遠未及賈生之才調卻有其逐臣之思
> 夜半我常不寐，挑燈書寫
> 從未有詩壇大款給我邀請函
> 邀我夜半商談，詩歌之用或無用
>
> 喜歡虛前席這般境況
> 然入座的都非我所樂見的
> 我安靜地叨陪末座
> 不發一言，寧願隱匿於燈火闌珊地
> 與一盞燈或一頭獸竊竊私語。

然我們到了愛晚亭。這個精致的亭之所以有名，也是緣於一首唐詩。杜牧的〈山行〉：「遠上寒山日徑斜，

白雲深處有人家。停車坐看楓林晚，霜葉紅於二月花。」
此亭位於岳麓山清風峽，四周遍植楓樹。亭為清代岳麓
書院山長羅典於乾隆五十七年（西元 1792 年）建造，
原名紅葉亭，後來學者詩人湖廣總督畢沅據杜牧詩，改
名愛晚亭。畢沅愛詩才，曾因為讀到黃仲則的「全家都
在秋風裏，九月寒衣未剪裁」而慷慨贈予五十兩銀子。
成就詩壇一時佳話。傍晚穿過古色古香的岳麓書院，到
了愛晚亭，遊人頗眾，要拍一張夕陽楓紅的愛晚亭，殊
不容易。清幽與繁鬧，自是人間兩種境界。想像寂寥的
愛晚亭裏，獨酌吟咏，是何等愜意！我把相機調了「部
分取色：紅」，站在遠處取景。突顯楓紅與簷角，淡化
人潮。效果尚好。愛晚，即愛晚景，人生已是金烏西墜，
沾染金黃的日影，更應愛惜。

　　湘江邊近西湖橋，建有杜甫江閣。詩人晚年流離於
湘潭間，窮困多病，猶如流浪漢。據說這裏是當日杜甫
搭建「秋風茅屋」之處，如今換作巍峩七層的江閣。這
不啻是所有藝術家包括詩人的悲劇，其事功的福報多在
身後，而常成為「共享」之業。江閣之名，也是出自杜
甫詩〈喜觀即到復題短篇二首其二〉「江閣嫌津柳，風
帆數驛亭」。登高攬勝，乃人生快事，其原因有二：一
是所看的距離異於平日，出現了對事物的審美差異，二
是登臨消耗體力，疲累時會變改思維。所以古人有「登
斯樓以四望兮，聊暇日以銷憂」的說法。杜甫一生在長
沙寫下的詩約五十餘首，當中一首寫及賈誼的叫〈入喬

口〉：「樹蜜早蜂亂，江泥輕燕斜。賈生骨已朽，淒惻近長沙。」晚年杜甫在長沙一帶流離兩年，長沙三萬里，道不盡的淒愴，也成就其晚年詩賦。

橘子洲是湘江流域第一大江中洲渚。現時兩岸已有地鐵貫通，橘子洲成了長沙地鐵藍線上的一個站點。其上遍布橘子林，這是洲之原貌。現在建設成一個休閒娛樂的空間。西望岳麓山，東臨長沙城，景觀殊勝。清光緒三十年（西元 1904）長沙被闢為對外開放港口，橘子洲上建有英國領事館。年青的毛澤東曾重遊橘子洲，有〈沁園春・長沙〉一詩，留下「問蒼茫大地，誰主浮沉」的壯語。現在橘子洲頭建有「青年毛澤東藝術雕塑像」，彷彿在外望這肩膊寬闊的湘江。然這一切，未及深秋時節，島上柚黃橘紅，清香瀰漫，靜謐宜人的自然風物。故而我的〈湘江畔眺望橘子洲〉有

多渴望泯沒了所有
橘子洲便只是一個
滿園橘子樹的橘子洲。

另有一首〈詠橘子洲〉，有「橘子洲是屬於橘子樹的／在橘子樹下走過，都成了夢／夢裏的橘子不斷生長／忘了時間的所有，湘江奔流不息」。回程的高鐵上，天色漸黯。想到《粲花館詩鈔》裏的「北望長沙燈火黯」，為之悵然！

（二零二四年五月二十日零時 50 分永州零陵維也納酒店 1202
房。）

臺南鼓聲：
訪十鼓文創園區

　　十鼓文創園區在臺南仁德區文華路二段 326 號。可以在高鐵站下車打計程車過去，但更便捷的是乘臺鐵於保安站下車。附近有聞名的「奇美博物館」，一座純白色的堡壘。進園後，沿著圍繞老榕樹而建的鋼鐵樓梯往上爬，便抵達了這個文創園區的最高點，即看到這間仿

如美國白宮般的建築物：

　　奇美博物館在那裏，陽光下
　　一座白色城堡收押了
　　許多審判完後的聖物
　　沉默於廣拓無際的大地
　　也沉默於一個黝暗而狹窄的房間裏

　　這些安靜於詩冊裏的句子，流傳於極少數的民間，卻把一個在地的名勝寫得「入髓」，猶勝於單反照像機拍攝出來的效果。

　　樓梯盡處有一座鋼鐵鞦韆，叫「天堂上的鞦韆」。非假日時，鐵鏈綑綁了搖曳於天上的自由，我們未能嘗到伴隨浮雲盪鞦韆的滋味。但這裏風光優美，南臺灣的風物在陽光底下，顯出了富饒而乾淨的面目。大片的綠，大片的甜，大片的溫暖陽光。

　　園內保留了一截當日糖廠的五分車路軌，讓古老的火車往復運行，取名「魔法列車」。兩旁改裝為電影〈哈利波特〉的商品店，以招徠旅客。另一邊，有利用昔日仁德糖廠的二號冷卻池改裝的「撐篙划船」與糖廠煙囪改裝的「煙囪滑梯」等設施。這些舊設施的改裝，時髦的說法叫「活化」。這種活化是時代前進中讓舊時的事物再生，很值得參觀。然此行我們是為「十鼓擊樂團」而來。

　　十鼓擊樂團曾獲「葛萊美獎」、「美國獨立獎」、「海內外金曲獎」等三個國際大獎提名，殊不簡單。表演的場地是糖廠的五重壓榨機改建而成。多處利用強化玻璃讓旅客仍可窺見當日這些古老機械的面貌。宣傳單張上有這樣一句：「帶著觀眾進入歷史、工業、人文與藝術交織的璀璨旅程。」極具誘惑力。那天前來參觀的還有高雄前金國小、臺南崇學國小等三間學校，氣氛十分熱鬧。記得愛爾蘭詩人葉慈（William Butler Yeats，1865-1939）與臺灣詩人楊牧都寫過〈在學童當中〉的詩。葉慈留下了：How can we know the dancer from the dance? 的詩句，楊牧譯作「我們怎能自舞辨識舞者？」這是一個很藝術的問題，既平常也深奧。楊牧的詩起首並不沉重：

樹影向東移動
那是時間的行逕
我們挪向七里香下
衣上沾滿秋天
脫落的草子。蓮花在
水池裡，白火雞
棲息枯木上，我們
在學童當中

　　詩的後續，葉慈和學童終於出現，和詩人融合為一：「如同那白髮的愛爾蘭人／在學童當中，我也／分辨。

他們在拍手／長大成人，那掌聲破碎／可能遺失在今早的／草地上，他們也可能回來／尋覓。啊尋覓」在十鼓表演現場，學童們魚貫進場，氣氛熱鬧。這種課堂外的學習較之課堂中所得必更多。表演開始後，學童們便安靜的投入，全神貫注地欣賞。我只能審慎地說，台灣國小教育這個環節絕對成功，學童無不笑靨迎人、活力飽滿，然都追隨集體，按指示而行，而老師從沒高聲呼喝。這個場景，讓我萌生也寫一首〈在學童當中〉來。這是孩子帶給我們的感動。

　　十鼓的表演極為精彩。擊鼓有別於其他樂器，帶有一種原始的氣息。鼓手們的臂膊都雄渾有勁，鼓聲為主，集以其他敲擊樂聲，讓單調的大氣波出現無窮變化。表演樨中間的大鼓在燈光的強烈照射底下，皎潔發亮，如一枚具皇者氣派的太陽般。當有鼓手立在前面敲擊時，便即高潮之所在。約一小時的表演瞬間結束，混在學童中我也魚貫離開。外邊春光仍舊明媚，南台灣的天空仍舊澄藍，樹影仍舊搖曳多姿。在園區漫步一匝，我們便打車到高鐵站的三井 outlet 午膳。

（2024.3.5 凌晨 2:40 婕樓。）

下卷：李藏璧

絲路敦煌遊蹤雜記
包括敦煌沙洲城、月牙泉、鳴沙山及莫高窟

　　旅行團離開了青海省，乘搭時速超過二百多里的高速火車穿過河西走廊四郡：首站威武、漢朝武功軍威顯赫之地。次站張掖、張大漢之威，斷匈奴之臂腋之意。然後到了酒泉站、傳說地下有水，飲喝如酒味，故名。而西端最後一站是世界著名的佛教文化景點敦煌，有盛大輝煌之意。亦是絲綢之路最璀璨的一顆明珠。

距離敦煌市西南五公里，空空洞洞的風，乾旱無疆界的風，長年累月，於是黃沙滾滾，堆積及彫塑了幾座崇大玲瓏的沙丘，沙脊如刀刃，割開浩闊湛藍的晴空。這時是六月，金燦燦熔熔的陽光灑滿這裏千千萬萬的小沙粒，替所有的一切充電充血，風又像幽靈或精靈的呢喃，晚上會自然呼嘯，它摩擦沙粒的微孔而發出響鳴，顧得其名：〈鳴沙山〉。霍然記起天文學家說過天上的星宿的數量比地上的沙粒多，我廁身茫茫無垠的沙漠，實在懷疑他們的論說證據。

　　我們戴了圓濶邊形的帽子，穿了防沙的腳套，踩進綿綿碎碎的沙粒，踏實一下，沙子便包裹了兩腿，無孔不入，細細密密的，好一個溫柔的陷阱，愈發用力便越陷越深，後面留下越來越淺薄的腳印，又漸漸消失，沒有了痕跡，仿若百年光陰，原來一瞬，流沙似流水，就是祇有當下一步才真實。。好不容易花盡力氣，再從山麓斜坡走上山頂，遠眺另外右邊的山丘，那山丘隱約分割裂開似一個三邊金字塔，一條弧線形波浪線流瀉而下的顯明山脊呈現眼底，與穹蒼構成一頁瀟灑的風景線，原來造化靈機，大自然的風無意刮吹成的自然優美！山下游客如鯽，部分騎着駱駝環山巡遊，仿效絲路的客旅，確實有些塞外風光的情景和氣氛。再鳥瞰山丘的左側，那裏竟然橫臥一彎新月的湖水，藍藍綠綠的荒漠甘泉，沙山正懷抱中的一泓娥眉的初月，猶如每個人自己心湖中的純靜，千年不涸，是名：〈月牙泉〉。她長約一百米，

身傍長滿蘆葦，眼子草和輪藻植物，祇有無鱗的裸鯉在
湖中穿梭愉悅的泳游，似乎毌須提防遭人漁捕的世外桃
花源，似乎都沒有什麼的恐懼和威脅，我想，應該是這
樣的，人生，萬物，都應該擁有各自的自由和瀟灑！

夕陽徐徐落下，旅遊車背後的匍伏在大地的沙山和
那一列似夢又湛湛的月牙淡淡然隱沒在薄暮之中，車子
顛顛簸簸的最後駛進敦煌小城，名叫〈沙洲城〉，一個
非常熱鬧擠擁人潮洶湧的城鎮，酒店附近有幾個飛天仙
女的掛帳，取自敦煌的壁畫，這些飛天伎樂就是自南北
朝及隋唐佛教文化鼎盛時期，技術高超的畫工的創意和
想像，一群天使如矯捷的游龍在空中飛舞，繽紛彩色衣
袂裙裾飄飄，吳帶當風，神情自若從容，有些嫣然淺笑，
喜悅滿面，臂釧搖蕩着叮叮噹噹不是凡間的聲音，而這
些豐腴飽滿有點佛相的容顏和女體的動態就像說：「身
體就是廟宇和教堂。」市中心豎立一個美女反彈琵琶的
石雕地標，加上聯想，髣髴聽到鏗鏗鏘鏘和諧樂聲的妙
趣，這個美女似笑非笑，優美婉約嫵媚典雅集於一身，
手腳卻舒展又勁健，驀然舉足旋身躍跳，反手撥弄四柱
四弦的琵琶，行雲流水，很中國很純粹的古典味道。附
近的市集混雜藏族維吾爾族漢族等等及其他小數民族的
面孔，這就是大西北邊塞的風貌。風，仍然帶有一些蒸
騰的暑氣氳氤，到了黃昏，你會聽到它的嘯吟和呼號，
特別在塞外，像群狂奔的天馬，衝過荒漠、戈壁、雅丹
黃夯土和丹霞地，襯着天上一輪沉黃暗濛的月亮，你開

始感覺到那點寒，那種冷。原來沙漠像是一個熱情又無情的女人。身在此地，很容易想起王翰的涼州曲中的「葡萄美酒夜光杯，欲飲琵琶馬上催」詩句。夜光杯可能是用西域於闐之羊脂白玉雕成，當柔柔的月色映照着滿酒透過極薄的杯壁而發出異彩，又稱〈夜光常滿杯〉。是，我的感覺非常異樣和特別，因為身為香港人在特別的異地度過的夜晚。

　　翌日，天一放亮，我們整團人就出發去三危山的佛教藝術最燦爛的聖地：〈莫高窟〉。中國四大佛窟最著名而排首位，（其他是河南洛陽龍門石窟，甘肅麥積山石窟和山西之雲崗石窟）歷經十六國前秦符堅、南北朝、隋唐五代及西夏和元，當然興奮莫名。公元三六六年那時應該是北魏時期，樂樽和尚開始在這片渺無人跡，窮無所依的百里黃沙受到感悟萌念，開始宏揚佛法，就第一個發起奇想建窟造像，憑藉一種對信仰的永恆執着，於是隨後遠近善信、包括王公大臣，平民百姓都斥資在陡斜的山坡，聘請當地最出色的工匠，建造一個一個有關佛教和佛陀的故事的佛窟，以求祈功德福祉蔭庇來世和後代子孫，叮噹叮噹的敲鑿，於是許多人尤其是藝術創作者佛教修行者奉獻一生的時間、心血、汗水，每天刻雕，只在一兩盞暗弱閃爍不定的油燈照明下，面對冷冰的岩石沙土荒涼的沙漠和寂寞的日子悠長的半輩子埋首苦幹，部份工人更在附近的山脊鑿一洞來居住，甚至死後亦吩咐兒子完成未了的工程，這樣世世代代的永永

遠遠的繼續連續延續美麗和摯誠敬虔的信念，一直工作到唐朝的五代十國合共千多年。我瞻仰滿身洞窟的山崖，七百三十五多個的偉大的遺跡，據載映壁和壁畫連排可成六十華里，祇有無言的震撼、欽佩和讚歎！這就是古代文化傳承的方法，而我們中華幾千年的深層而博淵的人文歷史，如酒之醞釀，底蘊越深越厚越是香醇濃郁。所以吸引如斯多才華橫溢的學者窮畢生時間來讀，來想，來研究，來探索一個無底文化的井——例如千佛洞，包含和結合幾多個朝代不同，民族各異佛教菩薩的印象的壁畫泥塑佛教藝術及工藝的秘密。

今天準備參觀九個特別開放的洞窟，由館內資深敦煌研究院的研究員作導賞。印象最深刻的是一個完整的泥塑神像石窟，釋迦牟尼站立中間，神態自然，安祥微笑，不愧是佛陀，垂目微張，鬚髯看破生死輪迴，徹悟宇宙，人生真相，根據印度哲學，時間和空間都結聚混合，無分過去、現在和未來，佛教徒在世必需承受苦楚，憧憬來世和西方極樂淨土。右邊竚傍的迦葉尊者，長眉半目，他是佛陀十大弟子之一，出身於婆羅門望族，厭惡五欲，年輕時出家修行，當他達到：無執着的境界，無分別心，完全領悟佛理禪機，於是就拈花一笑。正是縱有三千煩惱，不如拈花一笑。左邊是拳拳耿耿的阿難尊者，他原是佛陀的堂弟，亦是侍從者，他出家前性格非常浪漫，愛上一位女子，為了再等待下一次遇見，甘心許願化身石橋，受五百年風吹，五百年日曬，絕不言

悔。除了三尊經典的佛教核心的人物，頭頂的圓拱天花和四面牆壁都刻滿千佛萬佛的小浮雕，端坐蓮花，頭生光環。敦煌的千佛洞窟共有二千四百多個泥塑，包括力士、金剛、藏經洞，及其他弟子佛相和菩薩製功雕刻描繪，流光溢彩，表達的手法獨出機杼，又栩栩如生，加上多個朝代更替的繪畫風格和畫功不同，有的渾厚華麗，色澤沉濃，有的柔美優雅堂皇，有些驃悍豪放，混合漢族和西域民族的不同文化味道，每個朝代的佛像，尤其是佛祖的形象塑造都各異，歷代戰爭頻仍，千年歷史的番天覆地的轉折，幾股藝術的洪流糅合，呈現千姿百態，精彩絕倫。後來又走進另外一個令人讚歎激賞的九層樓的彌勒大佛石窟，眼前是高聳碩大無比的佛像，唯肖唯妙的金身法相，祂似乎洞悉世情，睥睨世間可憐碌碌庸庸的凡人，神情煥發又會心微笑，整個石像從地面到屋頂，想一想需要幾多人力物力資源才可建成。然後又進另一崖洞，忘記是那個數目編號。祇知道是一壁連環圖畫，刻的是：捨身飼虎的故事。佛陀是前世三太子摩訶薩埵，一日在鄉間游旅行走，見一飢餓的母虎欲吃掉幾隻小虎，自己跳下山崖，讓母虎啖血，表達的就是大慈悲大無畏的精神，明白肉身難免腐敗，求犧牲自我而解決眾生的需要和苦難。最後的一窟是巨大的石雕的佛祖圓寂涅槃像，祂這樣的臥睡着，睡了不知多少年，側臥睡在自己的掌心，安祥而無慮，時間凝住，無垢無礙。身上披着若青的袈裟法衣，象徵一切天龍善神給予

守護。

　經過參觀了令人屏息和驚艷的敦煌，一個這麼的曠世偉大壯濶的建築群，就悟明人類對宗教的精神凝聚力是如此的超凡偉大，比物質世界的深度與廣度更無從估計和衡度，這可能就是〈舍利子〉另一樣的意義，〈舍利子〉是諸法空相，不生不滅，超越地域時間，於是宗教影響人類的精神領域歷幾百年幾千年世代久而不衰。中國和日本的佛寺，埃及的金字塔，俄羅斯的東正教堂，歐洲諸國的天主教和基督教堂，中東地區穆斯林的回教寺，都是人類在現實歷經苦難，嚮往來生，嚮往神祇，崇拜和寄託神靈信仰繼而產生使命感，使命感則培養了無窮的潛力動力，廝守終身，勤勞不紲，發揮驚人劃世代的創造力！

　回到酒店，回到渾濁積垢的塵世現實，佛的身影逐漸模糊，我祇是剎那的開悟，回港後肯定拋諸腦後。敦煌的深夜，仿如蟄伏很久的蛇群，詭譎無端，四方八面的從沙漠圍攏過來，而那些沙山、戈壁、風化雅丹的怪石等現在必然化身魑魅魍魎豎起耳朵靜聽莫高窟內菩薩喃喃佛經偈語。那晚我夢見一群穿着沙鏽色袍服的僧侶，有些托鉢徐行，有些半身浸沉在恆河，我卻是一條水草，亦染濡在河裏，極想濯洗抖拂身上的泥污。後來又朦朧中看到滿天飛天，驀然醒來，不禁黯然莫名，收拾心情和行囊，翌晨又將趕赴下站：吐魯番的火焰山

......

（2021 年 3 月 20 日）

苦熱啊　吐魯番

回頭看這個巨瞳，在此地此時猙獰的怒目睒睒，彷彿見到他毒辣的舌頭，在拼命揮霍，無盡無休的散播熱能和光芒，那裏敢直視他。這凹陷深窩的地平線一百五十公尺的盤地，噢，不是盤地，竟然是一塊煎鑊，黃沙浩瀚，方圓百里，伴著荒禿禿而不太高的山嶺，牛山濯濯，竟然沒有一棵樹一根草，沒有飛禽走獸，人煙稀少。

熱氣騰騰，籠罩這塊大地，猶如四面都有理髮店的大風筒噴射著你，山風自然不是溫柔涼快，像烘焙麵包，或者蒸包子的煎熬，啊！原來新疆的囊餅是這樣的構想出來。（聞說馬可孛羅途經此地吃過囊餅後，再傳到歐洲，就成了意大利的美食披薩。）汗水，一點點一滴滴從額頭滲泌出來，經過眼睛、面頰，濡濡的流到下顎，衣服慢慢的貼黏在濕透的皮膚，四肢百骸，千萬個毛孔，遭鹹漿漿醃漬糊憋了氣，分不出是否廁身在燥旱的桑拿浴。

　　原來我們已從甘肅的嘉峪關來到火焰山。中國最炎熱的地方。範圍附近是一百公里荒漠，沙塵沖天，而且大大小小的沙粒從八方雲集撲打旅遊車的擋風玻璃，司機開了水撥，不停撥去跳蹦蹦舞動的沙，後來終於到達一個火焰山的旅遊中心，四處的圖片雕象都是唐僧孫悟空豬八戒沙僧四師徒，以及有關吳承恩的西遊記內牛魔王和鐵扇公主的故事，這本書的主角確實深入民間，但四周一切都是暑氣氛熱的感覺，芭蕉扇卻也永遠拂不掉山的火焰，心內煩燥，又傳說太上老君的煉丹爐曾經失手掉進凡塵，掉進吐魯番的眾山，所以是如此的熱。

　　現在就有了一枝龐巨的溫度計豎立在旅遊中心，約高四層樓，紀錄地表鎔鎔的熱，水銀瀉地似的無孔不入，那天雖然是六月中旬，夏季初臨，但溫度計刻上七十度，幸好空氣中的熱卻是四十八度，相信隨便放一個雞蛋在地上，馬上煮熟爆裂。但我們不至於融化在炎炎的暑溽。

原來突然有一片厚厚的雲團，遮住熊熊滾動耽視著你的太陽。驕陽真的似火，氳氳的大氣，可以灼傷空中飛鳥，幸好這兒沒有鳥。但我們仿若是一條條鐵砧上烈火烹燒的魚，左右上下反覆炙炸，神魂恍惚而昏昏，或者我們變成一尊尊陶瓷，在窯中受苦。導遊說：「曾經一個十八歲的女孩，在此處長大，從未曾見過雨。終於有一天她看到天空掉下的滂沱，大吃一驚，不知是什麼事，但水點落在地面，頃刻間化為烏有。有些雨落到半空就凝住，然後隨風蒸發散去。」火焰山位在吐魯番北緣地帶，又稱紅山，赤紅色砂，混有礫岩和泥岩，每年降水平均只是約十六毫米，難怪該處的人見風砂多，看見雨時不期然莫名驚訝。

於是我想起我到過的美國內華達州死亡谷（Death Valley），是北美的死火山口，降雨量微乎其微，在那裏，相信巫師法師怎樣求雨，天也不會哭，只有不同方向的風折磨那處的沙和石，折磨山谷兩岸懸崖絕壁，你在這個取名為葬禮山上，極其乾旱的大片地大聲嚎喊吧！把一生不平，委屈都儘量喊出來！可能喊出當年印地安人遺留的殘骸，淘金熱者不幸葬身於此徘徊百年多的靈魂甦醒，與你共舞。但這個長二百二十五千米，面積一千四百公里的惡水盆地，亦深陷海平線下八十六米，夏天可達五十六度攝氏高溫，晚上卻寒冷，你可以帶備糧水，躺在沙漠谷地，在寂寂的穹蒼下，欣賞真正無光害的繁星閃爍璀璨，甚至目睹幸運的流星一閃而過，來

不及向天問，問一切世間的疑惑命運生死！感覺自己在天與地的渺小。

　　過了火焰山，車子一路前進，兩旁的荒漠植被貧乏，一望無際全是荒蕪大地。雅丹、龜裂地、鹽灘等等，殘缺了千年的土坯牆，烙印著回鶻王朝八世紀的衰滅。滾滾黃沙上，散布幾架枯乾瘦癟的羊頭骨，你頓覺得生命是如此的脆弱，又橫臥些粗枝老斷的胡楊木，據說千年不化，指點出歲月的無情和滄桑，甚至，你好像聽到兩者最後死亡的鼾息和呼叫。再經過高昌古城，四周廢城破墟，真正的頹垣敗瓦，這裏曾經刀兵戰火，在公元六百四十年為唐太宗所滅，噢！青銅仿如一夢，能不唏噓！或者看來，只賸下些佛祖的喃喃法願，對於茫茫塵世，眾生卻執迷不悟，袖只有拈花微笑。

（2022 年 5 月 1 日）
（此文曾刊登於《策略風知識新聞網》）

大紅花國度的印象和味道

忘記是那個時候才知道，馬來西亞的國花是大紅花，真的非常貼切，大紅花，象徵最豐富的熱帶風情、最美艷繽紛色彩，燦放如火，又濃得化不開的一個國家。她混集了印度族、華人、馬來族土著，歐亞各國生意人，飄泊，旅遊或暫居和定居，黑的白的棕色的，或者混血和娘惹，於是變成不同宗教信仰、民族、語言和文化的大熔爐。而上帝似乎偏心而特別眷顧這塊土地，四處是

蓊茂綠色，於是你的眼睛非常舒服。雨林覆蓋著叢林，路旁都是灌林排排，喬木參天。密密麻麻的棕櫚靠著棕櫚倚著棕櫚，隨處椰樹矗立成林，葵形鳶尾的樹葉，寬條潤邊的樹葉，然後橡膠樹連綿連延著橡膠樹，還有不同多樣化繁多的水果：纍纍實實，甜甜的山竹香蕉，其他菠蘿芒果椰子，都擁有特殊的性格和味道，至於我最鍾情濃香馥郁的榴槤，金枕頭貓山王黑刺，飄香十里，任誰也抗拒不住的誘惑，咖啡和可可，香料和咖哩，熱辣辣的好像戀愛的感覺，不同時段的小驟雨大驟雨，自然沖淡一陣陣的暑熱暑氛。

2018 年四月，我驛旅來到馬來西亞霹靂州的小市鎮十八丁，十八丁最初謠傳這兒有十八個壯男，涉水竟然跨越了十八公里，於是叫做十八丁，本來原是馬來土著的俚語的音譯。十八丁，聚居幾百人家的漁港，夾岸鹹淡水河的交界，河水流過下午，流過浪堤，我懶洋洋的半睡著，一群群過境的鷺鷥低翔在河裏覓食，另外一個方向，翻飛數十隻麻鷹，數不清的魚兒潛沉，河床的蜥蚶，匍行中的蝦蟹吐著泡沫，和應著浪的泡沫河的輕嘆。兩岸露根的叢密紅樹林守望著，這個市鎮的英國興建的第一條鐵道 Port Weld。在這個曾經辛勤的中國人流盡了血汗的地方，現在仍然充滿煤灰的氣味，錫礦炭窯，世襲傳承了數代，流傳很多拚命奮鬥的故事。

過了兩天，我又來到馬來西亞的雪蘭莪。早上五點起床，晨曦微茫，乘船大概四十五分，就見到著名的天

空之鏡，站在這塊潤曠不是地是沙洲，水也不像水，卻是塊晶瑩的鏡子，玲瓏剔透，遠處都是仍黯欲亮的天際。附近的水漥、泥灘、沙坪，海潮退卻，裸露了海床，受了月亮潮汐散退的關係，聞說每年只有三兩次可以親臨其境。陽光現在悄然穿過層層疊疊的霞霧，斜斜的一束束灑在灘上，是聖光抑或佛光？風已擱淺在雲邊。兩艘船剛浮在碼頭的西面。噢！很特別的感覺，但天空之鏡，豈能照見人世間紅塵的醜惡，想著想著，又何必懷抱過去或者昨夜的月色。最好醒時糊塗，睡也模糊。那天，靜靜的河口，沒有浪。

回程途中，陽光普照，但忽然雷聲乍響，天上一層一陣間獰怪的雨雲雲眼飄來，然後密麻的傾盆而下，風在樹林間穿梭聚嘯，導遊說馬來西亞的天氣就是這樣，每天總要下幾次驟雨，晚上就會更甚，反覆無常。噢，人生何嘗一樣無常，朝夕變幻。果然不用半句鐘，天色慢慢放晴，路旁樹枝樹葉像濕透的亂髮，空氣比前更清新。

後來終於到了首府吉隆坡，雙子塔雄偉矗立，氣派耀目，人口稠密，商廈林立，有美麗的回教清真寺，歐亞式的設計，傳統和現代，充滿大城市的格調。想不到僅僅一百年，這裏從一片廢墟變成東南亞最吸引的地方。檳城，娘惹文化的發源地，充滿中國傳統的味道。食物和屋都與別不同。我吃到最好的榴槤、別有風味的肉骨茶、麵包雞和麵包蝦，咖吔和烘培咖啡。十八九世

紀，葡萄牙人來過，荷蘭人來過，最後英國人來過，當時為了掠奪資源，擴張殖民地，馬來西亞吞噬了多少戰爭的烽煙戰火。通商後把歐洲文化帶來，無意中就繁榮起來。當然我們不要忘記中國人的勤懇貢獻。當時葉亞來、張弼時、鄭景貴的生意人努力打拼，白手興家，才令這朵大紅花欣欣向榮，閃耀世界。

（2022 年 11 月 7 日）
（此文曾刊登於《工人文藝》第 40 期）

物中情意

01
風褸

　　我相信他在等待，等那二三月的梅雨季節，那料峭帶寒的天氣。於是獨自躑躅在薄霧潮濕的街頭，坑口文典星公園附近。一會兒看公園內一池的錦鯉，悠閑優游，他羨慕這些從容的游魚，頓然忘掉世間如何荒謬荒誕，

命運這樣的曲折離奇，他的心有時冷卻又有時澎湃。籬笆傍路一些已凋謝的茶花，所有的高貴和雅緻委頓，和剛開始燦爛的杜鵑互映其趣。我檸檬黃色的斗篷遮蓋著他七十多歲後腦勺枕，其實他背影佝僂，瘦瘦的胸肋脊骨，容顏蒼老，臉呈紅赭，或者經常喜歡喝三四杯日本梅酒，他常說自己身無病但心常帶憂戚和抑鬱，非常矛盾，實際上他心底非常緊張。

他把我的拉鍊緊緊的鎖扣，似乎這樣比較安全放心，喪妻後，或者一切都丟開了放下了，沒有沉重的回憶和將來的期望，他撫摸我口袋衣襟，感受一種熟悉的溫暖和往事：那時，老妻纖細蒼白的左手穿過他的臂彎，甜蜜的日子。最近，他買了一件新寵，當然比我鮮麗，亮亮的藍相間淺淺的綠，歐式新穎，時尚醒目。我以為和他緣份已盡，他會棄置不故，但他仍然依戀，三二天就把我披上，繼續他孤獨的步行，繼續渾渾噩噩的活著。

02
筷子

相信我們，相信中國人三千年食的文化精髓，多個民族的智慧歷練了多少年，如毛筆，刀劍的運用，比諸外洋的刀叉，想想，誰較優勝！

如果你手指拼攏放鬆又緊扣，我們修長的修直雙腿

自然探戈舞蹈。隨著你的意欲，一切碎塊潤團，矩圓方角，點心餅食，菜盤小炒，那怕有時滑溜溜如泥鰍或者纏繞不的麵條、長枝橫互豎縱的蔬葉，甚至滾動動的花生豆類，都難不倒我們。至於龐大魚頭，薄薄豬耳，戟刺交錯的盤中餐，纏綿韌厚的腩筋，只要挑、攢、挾熟習的簡單技術，無不輕輕鬆鬆的手到拿擒。

我們是勇者，不怕赴熱湯騰水，縱橫中日韓的火煱，不怕甜酸苦辣，而且永遠形影相隨。

03
枕頭

主人啊！你側睡仰臥都壓住我胎腹軟柔柔的棉花（其實我建議你用明目清肝的決明子或者爽涼的茶葉），尤其是你心事重重輾輾轉轉反側計算的時候。放下吧！放下心頭壓力，否則容易失眠，然後無謂把我搖搖打打拍拍來發洩你的鬱悶脾氣，所謂船到橋頭自然直，人算不如天算。其實一生我三份之二時間都陪住，我比你老婆更親還近。只不過你不把我放在心上，只放在頭下。

還有你喜歡又整天幻想那個女神，毋須在枕邊喃喃那麼肉麻腥羞的愛語。而你要知道你的鼻息如雷響徹房間。好夢流涎，噩夢又嘈吵，非常討厭！記得每天沐浴要徹底清潔，否則髮臭體味瀰漫滿蓆良久不散。

如果你想真的熟睡，不妨多看一會星光，看它們逐漸黯淡，看一看寧靜的街衢，看月瀟灑的徘徊，想像你枕著的是一片浮雲，枕著浪潮滔滔的海灘，得人形而喜之，明天又是光明的一天，自然安然入睡。

04
粉 筆

我們白堊堊的面貌，猷猷的樣子，三吋硬朗的身段，躺平在乾淨的黑板下。陽光滿溢，上午九時第一課，國文陳老師走進內，滿腹經綸的他清一清喉嚨，調一調嗓子，講三國諸葛亮的〈出師表〉，說到東漢西漢，先主劉備領益州牧，魏國曹操曹丕，吳國孫權，而諸葛孔明一生自三顧草蘆後，鞠躬盡瘁，死而後已，輔佐幼主，六出祈山。於是課室滿地口水。不過他說到緊張時刻，把我們三個兄弟都折斷了。

第二課是個二十多嬌滴滴數學陳老師，戴上新潮而標緻的眼鏡，小小兩個甜蜜的梨渦，班上的同學立刻精神百倍，她溫柔又斯文，輕輕鬆鬆在黑板寫了公式符號，畫了許多三角圓圈，然後匆匆給了周末功課。這時窗外六月蟬聲噪了又噪，課堂的鐘聲響了又響，學生都搖搖頭，卻疲倦到鴉雀無聲，知道將會忙到不得了。

下午四點，依然陽光普照，我們大半創傷磨損，有

的零零碎碎，沒了腰骨破了額頭，課室空無一人，只賸下寂寞和屁股半截。

（2023 年 6 月 11 日）

藤一

　　1950 年向西的窗口，薄薄的陽光斜斜的照進屋內，
金暉灑遍一張已剝落赭黃色油漆的老舊藤椅。這張仿似
沙發的椅子，可容坐四五人、長方形狀，編紮的手工精
細，粗和幼的藤交織配襯得宜，密密麻麻、實實結結的
咬扣着，很難找到一個疏漏縫罅和透氣洞孔，看來倒很
容易藏污納垢，土氣十足，據說是祖父的一個生意的星
加坡朋友送贈的，已經躺在這裏六七十年，啊、超過整

個甲子的時間。

當年父親閒賦在家，穿著一件杏色仿真絲睡衣，依傍在藤椅內沉思，手指緊捏着鴨都拿香煙，深深的吮吸，又緩緩的從鼻孔噴出，恣意的享受片刻、隨後、煙圈一個隨着一個升上半空又飄散，他好像陷入沉濛瀰漫的迷霧，老是想追憶點滴過去的風采、年青時的往事和自己家族顯赫的成就。又期待將來能有機會東山再起，飛黃騰達。他、曾經 1916 年留學德國，學的是化學工程，那時若非有錢人家，有點權勢，怎可輕鬆的放洋、自在的讀書，再海歸回來憑著時勢背景，依賴裙帶關係，那時代二三十年代初葉，尚未中日戰爭，確實是：一人得道，雞犬升天，可以當鐵路局的科長。又兼任廣州中山大學的外文教授。

紈袴子弟髮髯就是後天精製的藝術瓷器，表面標緻華麗漂亮，但擲摔落地就完全粉碎。含着銀匙出生，豈知稼穡艱難？！又似豢養在池塘裏的錦鯉，優悠瀟洒，骨子裏任性驕縱奢華，整天想著吃喝玩樂，父親已沒有大嫖大賭大飲大吹的習慣。但未經患難，以為所有的明天將會永遠美好燦爛，既無後顧憂患及準備，更想不到。當大時代的洪流來了時隨時逆轉。每個人不免亦不自覺被命運掌控、遭時勢擺布，其實流年已暗中偷換，在大風大浪中，我和你都是在洶湧浪濤的小魚兒或一口海水泡沫，逃離不了，亦阻擋不住。怨天公？天若有情天亦老，人得人形而喜之哀之，萬物與人皆是芻狗而已，可

能都錯怨天公！

他，年輕未婚而剛從德國帶回來的，是充滿風流和春天的心態，父親喜愛遊玩耍樂應酬，正如一匹野馬，生活孟浪不羈。麻將、象棋、書法、橋牌、桌球等等玩藝無一不精，沉緬其中容易玩物喪志，加上結納的人脈朋友，多是非富則貴、游手好閒的公子哥兒，整天虛議空談，果是暖風吹得遊人醉。不過話得說回來，當局者迷，誰能眾人皆醉而獨醒！？

父親時常喜歡喃喃自語，酸溜溜感慨地說：「人生有兩杯酒，一杯是甜膩，另一杯是澀苦。我、上輩子倒喝了杯甜的，現在下輩子要嚐嚐那杯苦的了。殊不幸運，德國兩次大戰皆告失敗，我通曉的德文無甚所用場！」語話中總帶些歎息和怨懟的味道，額頭刻上清晰像三條電車軌道縐紋，眼神帶點精靈卻憂鬱。那年父親五十多歲，仍略膩些餘往日凜凜岸然的威嚴。我是家中老五蘊子，五六歲的孩童，懵懂未鑿，自然產生疏離的畏懼，所以儘量避開父親的目光，在老遠處的距離躲着。上一輩的人尊卑分得很清楚，叫兩代人都隔膜七八分了。他、國字面，身軀龐大，聲音洪亮。平日不苟言笑，但一旦話題湊興，就滔滔不絕，談過去、曾經被派往管治海南島、負責訂購德國的枕木，鋪敷建造廣九鐵路，吃過滿漢全席，到過西伯利亞和紐西蘭。他、畢竟年紀大了，自然不免好談當年勇。我的八伯父曾對母親說：「我的十三弟啊！口才最是十分了得，樹上的雀鳥乖乖的可會

被誘到地面，河裏的魚蝦也會逗得游跳上岸。」其實說到這些話，尤其是在那時矜持、守禮、客氣及保守的社會時代，決不是讚辭，是對親人的不信任的批判貶語。亦反映父親在李氏家族低微的位置。

母親待我長大後對我說：父親是遺腹子，家族的最後一個同輩子嗣，祖父的面尚未見過，成長在親祖母的寵溺下，由於家族房數眾多，叔伯是不同的祖母所出，謫庶分派分岐。祖父經營廣州、南洋及美國的瓷器生意。工廠，貿易公司、以及家產等等，死後全部給長輩分霸了，祖父葬在白雲山的一處山墳叫作：「象拔捲湖」的寶地，據當時的堪輿家解說：此卦山地子孫功名富貴，卻主兄弟不和。反正當時大家庭的兄弟妯娌表面和諧，其實都戴着儒家道德的假面，各懷爭產野心及鬼胎，畢竟錢財名譽地位排第一啊！而且大家都深信風水吉凶不疑而沒有異議。

49 年中國內戰，南方的廣州城最後變天，辭退了五個傭人，我們一家人當夜倉皇乘火車奔逃，父親帶不了房產，平日不甚儲蓄，食指浩繁，又經過八年日本侵華的辛酸，到香港後經濟相當拮据。衹能寄籬在三伯父的別墅、粉嶺安樂村本立園，同住亦有其他叔伯的子女。由於四周的白眼，中國人喜歡攀比，互相比較，自小就感受到窮生話的難過苦味道。兄長和三個姐姐和我穿著鶉衣多結，修修補補，絕不稱身，吃的是鹹魚鹹蛋青菜，記得母親在街市買些肥豬肉炸油，渣子用來佐饍，一舉

兩得，有時到粉嶺英軍營領取牛油、奶粉及罐頭。1950
年初那陣子的香港，正是一窮二白，人浮於事，我平日
很少見到父親，祇知道他到處奔波，沒法找到一份工作，
有時向以前一些朋友和親戚或賒或借，一家人勉強糊口
而已。但三伯父某天猝跌中風逝亡，我們一家頓失居所，
遷離粉嶺，搬到土瓜灣宋皇臺附近的佛堂內外婆遺留的
一所頗大房間。那處、仍然看到橫放那張變了淺栗色的
藤椅沙發。

　　1959 年，再經過十年時間歲月的侵蝕和浸漬，沙發
上的黃漆化成花花點點的潑滴，塵埃滿身，籐枝鬆馳，
邊沿散突少許殘敗的舊條，中間坐位的部分頹墮壓成窩
深凹陷。父親，這個所謂的世家子，容顏憔悴不堪，頗
為驕傲威風的神情已被自卑的感覺掩蓋。繼後更綴業幾
年，有錢有勢的親友逐漸疏離，他的眼光逐漸失去過往
的精彩，卻蘊藏著一種冷冷的寂寞，沉默寡言，平常蜷
縮在這張頗為舒服的沙發睡床，晚上亦愁臥困在那屬於
自己的天地牢籠，恰似一條蠶兒囚在繭內不斷吐絲。祇
是每天仍然一根接着一根的香煙放在口中，已養成癖癮
難戒，但沒錢購買昂貴的名牌子，不知那裏找來贏餘煙
尾巴，把零散碎落的菸絲捲成煙條，戲稱這些為百鳥歸
巢，於是然後又滿房的濃氛霾氣，嘴唇消失了血紅的潤
澤，隱隱的瘀黑、蒼白而苦涸。偶爾隨着三四聲乾澀的
咳嗽，吐了些蛛網如絲般的稠痰。

　　他總愛唸唱着幾首宋詞：「世事一場大夢，人生幾

度秋涼⋯⋯酒賤常愁客少，月明多被雲妨」、「此去經年，應是良辰好景虛設。便縱有、千種風情，更與何人說？」、「雕欄玉砌應猶在。祇是朱顏改。問君能有幾多愁，恰似一江春水向東流。」我當時年少，不知他的心事沉重如鉛，吟誦是誰的詩詞，又不懂文學，以為是粵曲吧？他坐在藤椅上，兩鬢斑白，戴上一副老花眼鏡，遮蓋浮漲的眼皮，中間一個小木几，開始和我下棋，講一些當代象棋的人物和掌故，送我兩本殘局典例，介紹橘中秘及梅花樁的棋譜，原來以前和他下棋他的朋輩都是省港澳響噹噹的棋王。父子總算親近起來，我不再畏怕他了。他說他下的是棋譜中著名的仙人指路，變化多端，後來他教了我五六炮、屏風馬和單提馬的開局，全是基本功。我少年時氣盛，和他下棋時着着爭先，十五歲前挫敗了他，後來也頗沉迷嗜玩象棋，拿了好些比賽的冠軍，擊敗無數棋手，甚至可以閉目與人對奕，但總覺得傷腦傷神，退休後就不再彈此舊調。

1960 年的春天似乎特別長，經過驚蟄和春分，父親的右邊小腳無端陣陣劇痛，步履蹣跚，扶着手杖，看了幾個星期的跌打醫生，甚至針灸艾炙十數次未見好轉。然後咳嗽不斷，身體消瘦，憔悴變樣。外出走路都需要摻扶。枯亂的頭髮襯着深陷乾澀的眼眶，半夜聽到他睡在廳內的藤椅上輾轉反側，欷氣聲夾雜微喘咳嗽，間歇地呻吟，忍不住折騰，每晚暗吞一兩顆止痛藥。母親當然擔心不已，驚惶失措。不久，x 光的報告，噩耗就是

有一個似鵪鶉蛋模樣的腫瘤壓扣在他肺部的左下半邊，順着脊椎延至腳踝，是一條傾斜長藤附藏入背腰腳間的毒鞭。我第一次聽到〈癌〉這個兇惡的名字。父親內心明白，癌病是絕症、就是死神將臨的等號。更默不作聲，流露絕望無奈的神態，千辛萬苦的等待才被送往港島瑪麗醫院。

每個星期都有兩次探病的機會，母親、二哥和三個姐姐和我祇能輪流前往。三個月後五月某天，父親突然對我說：「你應該十五歲吧。（我囁嚅的點點頭）我患的是不治之症，沒有任何希望，時間就快到了。我並不害怕死亡。過去是自己的性格主宰運數，一生做錯了很多事，錯行了不少棋步，對不起一家人，尤其是你的母親，生活艱難，希望你懂事生性。」

父親一向高傲自視，但在如斯的淒涼落寞的晚景，他躺在病床，相信定會回想以前的日子和地位，回想自己一生的錯對、恩仇和狂妄，貴族中的一個窮光蛋，末路王孫，正喝飲他生命的最苦的一口酒。我寫到這裏，哀歎一聲：真的是〈黃塵老盡英雄，人生恨水長東〉，就算他是象棋及橋牌的高手，又何嘗能夠預測世道變化的步着！我年紀幼稚，那能體會他的心情，及至我長大後，每次記起此段道白確是父親彌留在世的肺腑之言，不禁悲涼莫名。

六十四歲的父親走了，母親從未有大哭喊叫。她坐在那已衰敗殘缺的藤沙發上內心絞痛，默默垂淚，仍保

留他的枕頭和被褥。有時也在那裏睡覺。最後因遷居到北角警察宿舍，地方較為狹窄，那張破爛不堪，盛載無限的感情和許多歷史的籐椅，祇可拋棄在垃圾收集站，許多事物，那能永遠不捨，但一旦捨掉，依依之情，非筆墨可以形容！直至三十年後，母親在美國加州去世，遺願是土葬，旁邊放了父親婚前寫給她一叠的情書，正是：「相憐相念倍相親，一生一代一雙人。」大姐把哥連臣角父親的骨灰也轉運往三藩市半月灣，讓靜靜優美的山景湖水伴着他們的愛及一生一世的唏噓。

可能是母親家族的遺傳基因作祟，天意的咒詛或者冥冥的安排，後來的自己、兄姐及親戚的真實故事，無不任意愛得很濃很深，如徐志摩所說的濃到化不開，都是癡人！那容說放下便可放下，泥足深陷，不能自拔，卻又無怨無悔。

去年八月某個中午時分，我漫步到將軍澳公園，林木疏落，噴水池右旁邊竪立了一個棚架，一大片紫藤花攀匍架頂上，垂墜的蓓蕾夾疊鬖掛的綠葉，或淺或深的紫色在風中搖曳，花影蔭影交錯，盡入眼簾。就想起父母，想起家族家事歷史過去和死去的親人，思緒亂雜，猶若藤蔓恆遠緊地纏糾結，恍惚一場愁夢酒醒時，韶光轉瞬，原來人生泛泛、忽忽聚散離合，如此朦朧光景、恍幻若真，物是人非事事休，頓時茫然失落，黯然神傷……

（2021 年 1 月 17 日）

水果頌

01
榴槤

　　衹要一口，髣髴日後就會中了毒癖，又像中了熱帶莫名的蟲。她芬芳四溢，擁有非凡的燠香，自然會日夜着迷思念，那種馥郁，那種甜、黏軟稠綿的特別，輕吮慢啖，齒頰半日留香，確是其他水果無法替代。據說以

前馬來西亞當地民眾，每逢榴槤飄香，口袋尚有餘錢，則抵受不了她的誘惑，必然傾囊競買，甚至不惜押當自己的紗籠，以解口頭及心頭之癢。

剖開褐綠帶青的厚皮，看到橙白澄黃的果肉，乾皺皺，是乾包之上品。我有似礦工發現珍寶似的驚喜，這邊有一大團，那邊有一小塊，卵堆滑柔，入口纏綿，喉嚨的津液微微泌流。又如喝一啖釀久醇藏的舊酒，多層次的氣味在口腔凝聚不斷不休。可以形容它是一個迷惑眾生、風情萬種的成熟女人，你必須細味品嚐她底夏天深層的曖昧、嫵媚和蘊藉。

如果揀選榴槤，不要挑窈窕瘦弱的淑女，記得要選壯大殼硬的、重甸甸、最好像懷胎了五六月，凸顯大塊的畸瘤，而尖刺越稜稜最扎手的為佳，尤其是名噪一時的貓山王，底部隱約呈現一塊五星形的錢印，那當然是老樹所長出的最好。

馬來西亞的七、八月，是榴槤的季節。檳城浮羅山、老虎山和霹靂州的榴槤園工人總忙過不了，他們預計果熟蒂落的時間，先在樹身繫縛上一個個尼龍繩網，墜重如鉛的榴槤多數在半夜墜落，卜通卜通的都順利掉進網內，減除人工上樹擷摘的困難，又免空墮觸地而破損和碰爛。

她的姊妹紅蝦、黑刺、金枕頭或其他林林種種，味道和幽香各異，一親芳澤之後，很容易便讓人溺愛情陷，榴槤即流連，怎肯輕易放手捨掉！？

02
番石榴

　　番石榴別名芭樂，芭樂兩字是模擬閩南的語音而成，正名卻有了一個番字，像番薯、番茄、番瓜等等，不是中國地道的，應是東南亞國家或西洋外國遠路傳來吧！她卻在廣東、廣西、福建、台灣及我家鄉嶺南的一帶遍地綿延，繁衍了不知幾多個世代。她艷名遠播、每年可現身兩次，常在春末四五月或初秋八九月份時候，微風拂撩之下，裸裎純白的花朵，果實纍纍掛滿枝梢，垂垂欲墜。青綠色的、清甜漱齒，爽爽脆脆，不膩不黏，又有嚼勁，另一種是我最愛的，俗稱胭脂紅，好美浪漫的名字啊！成熟時，淡黃渾白的果身滲泛分布迷人的粉紅，分白心和紅心兩種，香氣撲鼻，你絕對會忍不住，輕輕啃噬一小口，噢，那種美味，怎形容呢！

　　小時爬上園中種植多年的番石榴的樹梢，椏枝橫條繁多，葉子掩映疏間，樹身搖曳不停，懸掛着大小不一、明媚暖艷的佳果，定過神來，我篩挑最碩大最透熟的，用手帕拭抹後，毋須削皮，先咬一口，當然、如果好吃的，就採摘下來慢慢品嚐，天然又新鮮。其實果實凡曾遭嗡嗡霸氣黃蜂螫過、其他昆蟲吻過，潤澤的表皮外面顯然有些像牙籤般細小的蟲蛀損口小孔，便是最佳的選

擇。

　　嚼番石榴的時候，母親曾千叮萬咐，切勿連那個滿滿當當、孕了許多的種子的核囊全部吞掉，否則，幾天後頭頂會茁長她的樹苗。實在那核囊中的籽粒渣子比果肉更甜，是捨不得，捨不得吐掉啊！當然吞嚥下肚的種子從來沒有在我頂上開花。

　　想當年，老花王阿森，六十多歲，用一把鋸，費盡力氣，把番石榴的精壯粗大的枝幹一截一截的鋸掉。原來她的木質非常非常的堅實，是打造擂漿棍和手杖的好材料。母親就用這種棍子來壓麵條、造餃子、油角、寶盒和煎堆。在農曆新年，母親親手製作的食品也帶點番石榴木材的窩暖香氣。噢，豐富的童年生活，極之難忘和深刻的回憶啊……

03
芒果

　　誰是與生俱來的果王？什麼色香味可以引起你情不自禁，垂涎欲滴而有些兒戀愛的感覺的水果？！吃完後，涓涓滴滴、甜津津的漿汁，仍然徘徊舌尖舌底和齒縫隙間，似蘭似麝的一種特殊獨有的氣味，是恍惚的微醺厚濃的芬氛芳氣，從喉嚨升起，另外用黏糊糊的手指頭捧著她的身體嚼著嗅聞，而在口腔裏溶化了的甜蜜，

開始滲透你的感官及細胞，甚至千百個毛孔及小指頭。一股兒到了頭頂，後來又慢慢流進丹田。

吃她的時候，把皮撕破後，不用過於拘謹，儘要啖得痛快、瘋狂和徹底，否則難於領略她熱情的味道。單是看她的外貌，如果熟透，就知道什麼叫做真正天然完美、頗似凝藏了剛黃昏落日餘暉裏的金黃，澄澄然卻飽滿的圓胖線條，成熟的體香嬝嬝升起。忍不住的貪婪啊！，不，是饞嘴和欲望，雙手對她不期然愛撫又端詳。她確具有魔鬼天使混合的特質。

母親很喜吃產於菲律賓大島的呂宋芒果，她說她們是芒果類中的香扇墜！薄薄如紙的扁核，透過陽光可有些許透明，味道當然難忘。當造的季節，她總連啖四五個，然後擺出一副十分陶醉的神情模樣。她又說是芒果是上天賜給人間的恩物。其實她忘記了多吃會濕熱，會暗暗撼動你的腸胃，所以老年時，她常感胃道不適。

應該是 1994 年吧，曾到夏威夷檀香山旅行，經過一處鄉郊，豐碩的萍果芒滿地狼藉，無人拾取，可能當地產量實在太豐盛了。（有朋友住在三藩市地區，萍果成熟時亦遍地皆是，任其腐爛，亦無人理會，暴殄天物，真可惜和浪費！）我對妻戲說：不如在此地設一工廠，專門製作芒果乾輸出外賣，豈不是唾手可得的生意！？

04
荔枝

　　說起荔枝，很自然想到杜牧的詩：《長安回望繡成堆，山頂千門次第開。一騎紅塵妃子笑，無人知是荔枝來。》唐朝美人楊貴妃嗜吃荔枝，唐玄宗命人從四川巴峽運到陝西之驪山華清宮，為保荔枝新鮮，驛馬日夜加鞭加程，也不知累死了幾多匹馬，如果不依時送到，荔枝變壞了，負責的官員及士兵都要問斬，可見荔枝超凡的魅力。而當時白居易之《荔枝圖序》其中一段：《若離本枝，一日而色變、二日而香變、三日而味變、四五日外，色香味盡去矣。》所以荔枝一定新鮮才可口。北宋時，蘇東坡貶至惠州，賞啖之餘，也讚歎不已：《羅浮山下四時春，盧橘楊梅次第新，日啖荔枝三百顆，不辭長作嶺南人。》又形容荔枝：《海生仙人絳羅襦，紅紗中單白玉膚，不須更待妃子笑，風骨自是傾城姝。》。

　　在嶺南七八月間，除了三月紅和五月的鮮麗妃子笑芳蹤已經渺然，紅濃紅濃的明星又陸續出場。在嶺南的庭院園林山邊，枝條濃密，白花綠葉，纍纍串串的垂掛。黑葉、淮枝、玉荷包、桂味和糯米糍。其中桂味脆香盈齒，核子甚細，糯米糍則每啖都醇濃多汁，一種捨不開深邃吃的浪漫啊！增城的掛綠，芳名排行第一，無緣目睹，祇聞知她渾身青綠，一條深綠的腰帶如地球的赤道般環繞果身。現祇賸餘半株老樹猶立該地，歷經百年滄

桑，歲月風雨，每年產量極為罕少，每顆價值不菲，有時公開競投，甚至數萬圓一顆。天之驕女，難怪如此馳名，而且她是以前帝皇的珍果貢品。

荔枝盛產於廣東一帶，包括粵西地區的陽江、湛江、茂名以及珠江三角的城縣番禺、順德、博羅、從化等等。以前她每兩年隔造，與龍眼之歉收豐收次第相間，（但近年國內農業技術一日千里，年年夏天可見芳影）頎滿豐收時，全城雀躍歡騰。很奇怪，荔枝極難在異鄉紮根，她的兄弟龍眼則可以。吃荔枝非常過癮，剝開隆滿滿的紫褐鱗殼，於是雪瞓皓晶亮腴潤、剔透的虹珠展現眼前，點點滴滴醉人的汁液盈齒，一種春夏季節交雜的氣韻，一試難捨難分，祇是常記得母親的叮咐，此尤物易上火，五六顆尤可，恣肆飽啖則極不宜。

幾乎沒有人不喜歡水果，食肉者常吃，茹素者更愛隨時隨地朵頤。吃水果真的可以怡情養性，樂在其中，而每個人必然情不獨鍾，往往愛得很濫很自由，三妻四妾，魚與熊掌均可兼得。除上述幾種名果外，蓮霧、橘柑、木瓜、楊桃、橙、草莓及香蕉等等，千種百類，數之難盡，都各別具特色及獨特味道、膚色和性格。水果仿如朋友，可解渴、解憂和解悶。快哉、妙哉！水果萬歲！

（2021 年 2 月 5 日）
（此文曾刊登於為《香港作家》網絡版）

雨

　　雨、在他來說，是一種非常的情意結，總是纏纏綿綿。譬如那個「雨」字，結構就像一幅有意境趣意的圖畫。再看看那個窗框，仿似框內有四滴水點在飄灑着，很象形又動態，更達意傳情，非凡的中國方塊字！

　　雨天時，他常竚立凝望，癡呆的入神、出竅。幽窗黃昏冷雨，雖然窗外沒有梧桐，沒有芭蕉葉，祇有筆直

木然的電線桿，滴滴答答，有時長達幾句鐘，雨點不曾說些什麼，他自然地想念自己的故人，親人，還有許多花果飄零在世界各地的同學和朋友，又或者有時想起日本電影《羅生門》的智者，看着簷前的雨滴，感歎人性自私的黑暗面。曉來雨過，晨早新鮮的空氣，帶有露水和草香撲入鼻腔，他可以貪婪地深深呼吸，於是涼涼、潮濕的充滿他底喉嚨和肺葉。經驗告訴他：大概春雨總帶點料峭，風一起，便帶着寒意，於是侵佔頸部再竄進衣襟又滲透皮膚。夏雨是熱鬧的，一陣子趁着一陣子的，嘩啦嘩啦，又衝動又澎湃，夾雜雷聲隆隆不斷，髣髴是一首命運交響曲。霏霏秋雨通常是零落飄飄的水點，漂泊不定，雨霖鈴啊，鈴聲如輕輕歎息的味道，下雨後，枯黃的樹葉散落匍伏樹旁的周邊，更添多幾分秋色。冬雨，尤其是碰巧風大，每每凍冰徹骨，他畏冷，下雨時多數留在屋內，足不出戶。

　　他第一次看雨聽雨在廣州開往香港的綠色鐵皮火車上。1949 年他剛四歲多，雖然童稚，但記憶深刻，印象朦朧卻又清晰的畫面，某個隆冬的晚上，斜斜的、濛濛白色的雨霰打在車廂，劃花了玻璃的透明，雨點沿著玻璃的上邊像一條水線滾流而下。隱約間，響亮的警報聲此起彼落，火車站內外一片混亂、蜂擁徬徨的群眾湧向剛煞制的火車，有些背着小孩，拖着行李細軟，大聲吆喝和呼叫。他的母親和哥哥及三個姊姊，穿着衣不稱身的綿襖、正在互相依偎瑟縮。他看到他們的包袱，知道

要離開自己熟悉的家了。火車嗚咽、呼吸沉重，然後長笛一鳴，在羅湖停了站，原來它要轉移軌道，母親突然冒雨下車，他不禁放聲大哭。過了很長很長的時間才見母親回來，她一手拿傘，另外一手挾著一袋麵包和蘋果，他才破涕而笑。後來他回想那夜，竟然是人生命運轉捩的一晚！

他第二次看雨聽雨在尖沙咀鐘樓附近五支旗桿的海旁。那時二十歲，青春正茂，戀愛的季節，四周是燦爛的紫荊而每一刻也是燦爛的時光，美麗的人美麗的大廈美麗的海美麗的希望，遙望太平山山頂的雲霧任意浮蕩飄飄，很自由很不羈很放浪，雨點飄在半空中，然後瀟瀟灑灑的墜下，淅瀝淅瀝有節奏的落下，多麼天籟自然，充滿香氣和靈氣。濕漓漓的興奮，濕潤潤的夢。維多利亞港的海面雖然並不浩瀚，但漾漾盪盪的微浪濺起，一朵朵小白花的泡沫和旋渦，微風撩拂過她長髮，她隨即嫣然一笑，溫馨和溫柔。少年的輕狂，心意容易撼蕩，祇願雨永遠不要停下來，忘記了傘忘掉了一切，他的手，盈盈緊緊握住這個初夏。

第三次看雨聽雨在家鄉番禺的蓮花山，他獨宿山上的酒店，岑寂的房間靜得很可怕，天色驟然瞬間暗晦，氣溫突降，空氣渾濁濛鴻，然後躁動的黃豆、白豆般的水滴，順著野蠻的狂風，肆意的潑灑敲打，蓮花山的谷壑低沉，像妖怪鬼魅的樹幹樹葉的黑影隨風亂舞。他睡不著，知道老天鎮夜不停地滂沱、吼號和嚎哭。早晨推

門步出，草木豎殘狼藉，橫在眼前的一條珠江河水暴漲翻騰，滾滾泥黃。那年，他四十八歲。

七十歲，情懷已老，此生忽忽憂患裏，他變成了一隻柔軟無力、再也振飛不起的風箏。你是誰，誰是你？誰不是走過紅塵百劫而孤獨？！不記得是那個詞人的詩句：「夜深人物不相管，我獨形影相嬉娛。」三年前曾經有一晚雨夜，乘台北捷運四十分鐘到了磚紅色的尾站，淡水鎮這塊地方的漁人碼頭，當時月影沉沉，暗潮拍岸，無端寒瀨，漫天細雨如霧如煙，跨過白色斜張的情人橋，從遠處飄來到淡水河及觀音山。秋風颯颯，回首經年堪驚，寂寞悲涼。他再一次看雨聽雨，雨、可能就是歲月的嗆聲和嗓聲啊！

（2021 年 2 月 18 日）
（此文曾刊登於《週末飲茶》創刊號）

紅得多麼癡的鳳凰木花

　　想起鳳凰木的花，腦海就立刻浮現一大片紅烘烘，
夭夭灼灼，說不出的魅力與風華。我鍾愛這些、糾纏我
過去、非常情意結的火樹。鳳凰木又名金鳳花，葉如似
飛鳳之羽，花若丹鳳之冠。暮春過後，她們接了木棉的
棒，次第散播及傳遞火的消息。花期多數在五六月期間，
冶艷爛漫熱辣辣的花朵，可愛深紅映淺紅，如果單獨觀
賞一朵不美，要一株，不，要三四株集聚在一起，每棵

樹最好有六七團霞堆紅雲，像無數林中燭煇揮霍著最旺盛恣意無度的熱情。初夏剛臨，在許多公園、街角，從近處遠地亦可看到她們簇簇的奪目璀璨，燃燒著香港這個南國小城。繁花盛燦，然後夾雜濃且密的羽狀綠葉，枝幹橫伸，形成一蔭羅傘。綠樹紅花，大自然的色調真是何其配襯何其和諧何其吸引！於是你覺得夏天非常的溫馨溫暖、眼睛非常的享受，而且想象你隨時可以跑去樹蔭下避暑乘涼，可以酣睡可以冥想可以縱容頭腦天馬行空，好一個美妙怡恬的下午！難怪有一闋宋詞牌令叫〈醉花陰〉，詞人李清照在裏頭之千古絕唱：「莫道不消魂，簾捲西風，人比黃花瘦。」（雖然黃花並不是指金鳳花，但宋人早已有陶醉在花陰下的詩歌境界，故創此詞牌。），原來在八十年前北宋大學士歐陽修亦在他的〈漁家傲〉無意應道：「花腮酒面紅相向，醉臥綠陰眠一餉。」雖異曲也同工。

記得五六歲的時候，我家寄籬在三伯父的別墅粉嶺安樂村本立園，庭園中有一株栽了數十年的巍巍鳳凰木，她魁梧而飽經風霜，亭亭挺立又巨幹如柱，約有二十米，初夏氣暖時開花，華蓋張天蔽日，覆蓋四份之一的花園，羽狀綠葉繁茂，層層疊疊，陽光透過槎枒的枝柯灑在地上，襯著婆娑樹影斑駁，深淺交錯，自然有一番味道和風景。樹幹的腰圍需三人牽手合抱，當時大家都叫她做影樹。我們五個兄弟姊妹在樹下嬉戲玩耍，有時都在等待，不是要等到花開時的燦爛，而是她結果

的時候，九月颱風季節一過，長長的棕黑色刀型豆莢應風折落墜下，裏內的結實發亮的種子，拾取洗淨後放在媽媽縫好的小布袋裏，就變成我們兒時玩耍的豆袋以及珍貴的收藏。原來鳳凰木屬豆科，亞熱帶落葉喬木，故不常綠，秋天落葉後，部分光禿禿的枝梢，瘦稜稜的指向渺漠的天空。後來三伯父的後人把別墅賣了，原來那塊土地現在已經住宅工廠林立，當年童年的老樹遭鋸斷砍去，故里夢迴七十年，人事變遷，只賸下一個舊影子。一段依然存在我餘生思念的日子，一段最難忘美好的時光。

另一個沒法抹掉的青春記憶，十六歲那年一個傍晚六點，坐在土瓜灣的一個公園的長椅，我拿著大會堂音樂會的兩張票券，等待我心儀愛慕的女生前來赴約，旁邊草徑有兩三株鳳凰木，橙紅色鮮麗的花朵何其旺盛，像焚燒轟轟烈烈的夢，那時的我充滿少年苣芽的希望，如潮浪洶湧又似詩的情愫情懷，我期待她藍布衫窈窕的倩影，期待她前來笑盈盈的梨渦及叫人心跳的嫣然。期待她溫婉的話語。也許這時風已飛過薔薇，飛過公園的籬牆，夕暮漸冷，獃呆等到七點，等到那似檸檬黃的初月斜斜升起，最後她當然爽約，日思夜想的苣蔻年華的伊人渺無蹤影，及後她支吾含糊隱約言辭，無意解釋原因，一切浪漫告終，一切付諸流水。那天我凝看漸黯的胭脂般的樹頭紅花，頓覺花不解語，更不解人，我，或者只是一個癡人。

今年六月中旬，我信步路過將軍澳寶琳地鐵站附近，那天沒有藍天白雲，陰淒淒的夏日中午。幾株碩大高壯的鳳凰木，花盈滿滿，花朵的瓣唇熾熱殷紅得有些癡，有些濃得不留餘地怎樣也化不開啊！一陣陣微雨霏霏驀然冷風吹過，亂紅飛過鞦韆去，那兒沒什麼鞦韆，只看到一些花瓣飄飄徐徐散落地上，染碧的草地與涼涼濕滑的石階地面已經有一層薄薄狼藉的殘紅，臨風誰更飄香屑，一隻黑白色不知名的小鳥嘶啞一聲從椏梢裏飛逃出來，頓覺心意惚惚茫茫，是否造物者暗喻一種詩境與禪意，是否象徵什麼、是否提醒我們超脫役役營營的謀生計較當中，不要迷戀世間滾滾紅塵的醫氣，淡薄名利，不再執著，不要再辜負當下，得到真正的自由、瀟灑、放曠、從容和豁達，生活可以安然、隨意、任意也可隨緣，無憂無慮的優游自在。花如人生，繁華消遣，到頭來花已盡，必須無奈憔損萎頓香殞。不過，對於普通人來說，眾芳蕪穢銷殘，自然會追憶和惋惜、傷春悲秋的感情焉能控制？！

人生怎樣又如何的精彩，只有一世，不許回頭，噢！就算偶一回頭總會懊怨錯恨歎息。我羨慕鳳凰木花、今天可以荼蘼開盡，下一個夏季又可以迎來盛宴。所以我每年都會等待她們重來，等待她們再次的焚燒和奔放，特殊的靈魂，特別不羣的性格，彷彿毫無掩飾的驕傲告白：來，看看我們怎麼癡紅，除了蒼天，任誰也管不了我。我喜歡像一團烈燄，自戀欣賞永不熄滅熊熊內心激

情的生命，我喜歡我的容顏怎麼紅就怎樣紅！

（2021 年 11 月 12 日）

看雲

　　年輕時已經很喜歡看雲，覺得她浮懸在幾萬幾千公尺的高空中，象徵不羈的浪子，可以自由隨意肆意飄蕩，無拘無束，像一個個周遊列國的過客，沒有任何的時間表和路線圖。及後讀了徐志摩膾炙人口的新詩〈偶然〉：「我是天空裏的一片雲，偶爾投影在你的波心。」於是浪漫的感覺在心頭洶湧不絕，甚至幻想化身成為一隻海燕，與雲並肩，迎風翱翔，又想幾多獄中的犯人，天涯

海角的遊子，他們把的心思意念寄託在一片雲，望她代為傳遞寂寞和苦悶。

許多人喜歡萬里無雲清澄碧藍乾淨的天空，我卻認為這樣的穹蒼太單調太乏味無趣，雲點綴了空洞的長空。她是彩色的，白灰黑和紅黃紫橙混融交錯，千姿百態，朝暮不同，朝雲多是絢麗，然後漸漸澹白，繼而光耀盈天，晚霞半是燻黃半卻斑斕，衹是瞬間立變一幕黯沉的篷傘。雲是有密疏輕重遠近和厚薄，春夏的雲是比較濕重的，於是春雨綿綿，夏雨濃濃，有時陰霾滿布，霧靄沉沉楚天潤，有無盡層次一堆堆叠叠的憂鬱神秘，雲繚煙繞，一塊塊夢紗，徘徊在虛無又真實當中，秋天時她又輕如羽毛，風一吹來，又飄走四散了，春夢秋雲，聚散真容易！隆冬時節，雲厚而蒼黑，某年聖誕節在山東濟南，氣溫降至攝氏零下十三度，天空烏雲陰影籠罩四周，竟然下起大雪來，沛沛滂滂，雪已凝成六角的晶花撻撻地從高空中霰落下地，不禁令人震慄。

雲的變幻和不穩定狀態又象徵世事變化無常，頃刻間風雲色變。杜甫之〈可嘆詩〉：「天上浮雲如白衣，斯須改變如蒼狗。」我算是飽經了人世間諸多的滄桑經歷，總覺得白雲蒼狗，是一句唏噓不已的感歎形容詞！成敗得失，生死有命而時運反覆，誰也難逆料！

我相信詩仙李白也特別地鍾情看雲，可能對雲有難解的情意結，他是第一個詩人剪裁雲片作衣裳，那塊衣料可是雪紡的啊，多潔白、飄逸瀟灑，又或者看了楊貴

妃的〈霓裳羽衣曲〉而作奇想，寫出〈清平調〉：「雲想衣裳花想容，春風拂檻露華濃。」他亦每每借雲來暗喻他飄逸和孤獨的心境。所以眾鳥高飛盡，孤雲獨看閑。他在〈夢遊天姥吟留別〉提到：「雲青青兮欲雨，水澹澹兮生煙。」他的〈關山月〉：「明月出天山，蒼茫雲海間。」借雲海之浩瀚襯托出天山皓月的清冷。他沉吟便唱：「吳會一浮雲，飄如遠行客。」又說：「願乘泠風去，直出浮雲間。」他在湖南高聲朗誦：「洞庭西望楚江分，水盡南天不見雲。」以及，「且將洞庭賒月色，將船買酒白雲邊。」他多情感懷的在湖北的漢水憶念故人：「漢水波浪遠，巫山雲雨飛。」最後他剛復官職，輕鬆從四川的白帝城出發：「朝辭白帝彩雲間，千里江陵一日還。」兩岸是巫山的猿啼，哀囀久絕，希望從長江三峽之巫峽輕舟從上流一天內順流抵達湖北之宜昌。說到巫山，傳說中巫山的雲彩漂亮極了，別有韻味，除卻巫山不是雲，越朦朧越美麗，是真耶？宋玉也曾在雲夢澤的台館賦曰：「其上獨有雲氣，兮直上，忽兮改容，須臾之間，變化無窮。」雲直仿如四川獨有的變面，瞬間化身成各種動物和人的面譜。可見其濡染的魅力和吸引力。

　　我四年前六月底到絲路旅遊，旅遊車從甘肅經過青海省的路迢迢，廣袤的草原一望無際，遙望幾百里外是嵯峨的祈連山脈，山巔上仍鋪墊皚皚的白雪，草甸上樹木剛萌芽煥發蔥翠，所謂沉綠泛青，嫩莖老枝，千蓬萬

蓬的草本和矮灌木交雜茁壯生長，有小垂頭菊、固沙草、高山大戟、一些茶科和樟科，於是樹蔭與草蔭，加上植被覆蓋，地大而寬濶空靈，更帶點粗獷氣息和豪邁味道，真的是言語和筆墨難以形容的壯美！驀然從窗外看到一大朵似磨菇灰黑色的雲，約一箭之地之遙，在五十公尺方圓內降雨，再距離車子的一百公尺也有一堆灰翳翳又濃又密的雲團，也同樣似蕈形花灑般淋漓地點點滴滴，滴滴答答，右手不遠處卻是煦煦的陽光，蔚為奇觀！不久之後雲收雨散，四周頓時一片朗清。此種景觀景氣可能祇有在西北大漠地區才可目睹。幾個小時後終於到達青海湖，青海湖位於柴達木里四千五百多公里的鹽湖盆境內，海拔三千公尺的青藏高原地帶，一陣涼意襲來，掩蓋原本熱氳氳的暑氛。青海湖，蒙古語叫庫庫卓爾，意思是青色的海。青海湖實在比許多海還大，是香港面積總和的四倍多，在湖畔隨便遠眺，極目可是數百公里，淺淺的眼簾裝不下如此的無垠煙海，浩浩蕩蕩、茫茫淼淼，藍藍的六七月。青海湖又被四面的峰巒包圍，在天邊在山頂山腰，屯積大條小條的灰白棉絮，優閒慵懶地舒舒卷卷，浮浮疊疊，有些蓬鬆柔軟如鬈髮，有些好端端的結實積厚不同的造型。左邊另有一些雲的被風牽撕成長而薄的絲帶，橫陳天空，好看極了！回程時經過野牛山和大通山，到達了千年前唐蕃交界的日月山，在這裏，文成公主擲碎了寶鏡，決心不再回頭看家鄉長安，她仿若一朵傷心曖曖的雲喲，飄去西藏吐蕃。我噤默的

看着一些支離破碎的雲，在遼濶蒼野茫茫的塞外，飄過西寧的戈壁荒漠，飄過塔爾寺的五色幡旗、轉經輪和佛塔，飄過草原、油菜花田、牧馬、羊群、犛牛和流浪的藏人。

兩年前初春二月夜宿於台灣南投的清境農場，清晨起床，霧氣暗暗流動，我步行到名叫青青草原的高地，位處群山之間，附近的合歡山依然積雪未融，一大股雲霧從山麓扶搖冒起湧現，瀰天滾滾而來，原來不需要在水窮處，可坐看雲起時。山谷的低處高處也有雲。聽聞如果遇上雲崩，雲就似像一潑衝浪急速奔流，排山倒海的破裂，鋪天蓋地，挾雷霆萬鈞之勢，波濤洶湧，狂瀾飛揚，正是怒而飛，其翼如垂天，此等磅礴的景遇，可惜我從未碰過。祇到過瑞士鐵力士雪峰，除了面前大片浩渺漠落的雲海，似一大塊薄薄羊毛氈子，更有許多雲塊自八方集聚，棲身和漂泊在廣大空曠的阿爾卑斯山脈，把自己的形象和行蹤交給風，沒有固定的模樣和清晰的輪廓，馳騁穿梭，來來去去，翩翩然沒有疆界，猶如鴻雁縹緲遠去，不留一點影子和痕跡。還有一次曾在馬來西亞雪蘭莪州的天空之窗——那一大窪沙洲，此刻是早上六點，正開始潮退，天際仍黯欲亮，漸明微茫的幾束曙光，悄然穿過厚疊雲層，投射在灘水的鏡面，有人呼讚是上帝的啟示，有人相信是佛光臨照。我認為這祇是晨曦美景，是宇宙大象之美色。

退休後閒賦在家，我經常透過玻璃窗看雲，一方面

了解那天的老天爺脾氣，另外舒鬆多年教學生涯緊繃的神經。原來當寂寞無聊的時候，靜觀一切事物，便有所感受。而天地萬物之最妙趣而具神韻者，反而毋須費一毫一分，亦毋須下苦心修為，祇須開懷縱目欣賞，就有所得着。正如蘇軾之《赤壁賦》所言：惟江上之清風與山間之明月，耳得之而為聲目，遇之而成色，取之無禁，用之不竭，是造物者之無盡藏也。雲亦是天地間和日月無聲之色相，雲破月來花弄影，雲生結海樓，眾人皆可共享齊賞而無爭也。年紀大了，最好做一個高潔的隱者，小隱於山或大隱於市，藏在雲深不知處。

（2021 年 3 月 26 日）
（此文曾刊登於《城市文藝》）

星塵

　　從古代到現代，當抬頭，夜空仰望，斑爛的一片銀河，總被二十八宿的燦森混茫所迷惑，鑲滿鑽芒的穹蒼，又似碎金碎銀的閃爍，冰乎火乎？時而亮目，時而消澹，一顆星，或者一堆星雲，一個星系，究竟有幾多克拉烔烔的光芒？它們是熾熱抑或是冷卻的石頭，或者是一團氣體！冥冥虛空，茫茫蒼蒼，有幾多遙遠的光年，冥冥門扉，乍明乍滅，仿若上蒼流露點點有情而矜貴的

眼神，卻帶一個虛榮和冷寞的面具而沉默，且沉默了無語了一百四十億年。人與萬物，不知為何存在？或者是英國哲學家羅素所言宇宙是無端的偶然組成。在宏瀾茫茫星斗的眼下，我們極其渺小，混亂的迷宮，彷彿編織成一個非常蛛網，又黑黝黝的墨墨沒有鐘錶，沒有所謂人類的時間，闃寂而神秘的光陰，有時令人心悸和疑惑。不過經常有長長尾巴的彗星，一閃即逝的流星雨，而據說二千多百年象徵耶穌誕生之〈伯利恆之星〉，亦屬真實的天文現象。漢書記載漢哀帝七年，中國人也曾看過，原來是西方幾顆星的光剛好重疊，七個晝夜懸空亮照不滅。

於是東方西方的哲人，如莊子老子，尼采栢拉圖，愛因斯坦牛頓霍金耶教天主，印度教回教以及佛陀、文學家、科學家、航海家等等不禁向天問，對湛湛夜空的星圖、黑洞、和無垠的宇宙發出驚嘆和蠡測。屈原，這個多愁易感的楚大夫發出疑惑的著名〈天問〉：「天何所沓，十二焉分，日月安屬，列星安陳。何闔而晦，何開而明，角宿未旦，曜靈安藏。」但千百萬年來，始終沒有答案，或者我們應該只是欣賞美麗精彩的夜空，而毋須在迷宮中尋找答案！

宇宙，是一個極浩大圓渾，不、是赫赫洪洪荒荒的空間，湯湯堂堂，你會為之目眩錯諤，想不到星體的數目，比地上的沙粒和塵埃還多，人類的地球只是一隻極其渺小的螞蟻。且看看屬於獵戶座的天狼星，又名狗星。

從夏季到冬季，帶點寒氣，幾乎都是夜空中最亮的一顆，不同的民族文化，不同國度以及不同的角度都有不同的解讀。埃及人非常重視和崇拜這顆白刺刺光芒耀眼的星星，因為依憑它的起落，知道一年的氣候時間變化，對農耕播種和收成的影響，於是編製有關的月曆知識。住在愛琴海的希臘人，當然他們對星座的瞭解深入，卻不甚喜歡它，認為會帶來熱病，引致人體疲弱和胡思亂想。如果那段日子，天狼星放亮還好，否則發出帶水氣的濛光，定是凶兆和災劫。而我們中國人對它不懷好意，因為西北方是匈奴和契丹，象徵侵略。所以蘇東坡的一首詞〈江城子〉之密州出獵最後三句：「會挽彫弓如滿月，北西望，射天狼。」天狼暗喻宋朝的羌族（西夏）和當時密州的北部遼國（契丹）。

至於垂掛在北方的上空的另一顆北極星，屬於大熊座，又稱為巨黃星，噢！多麼遙遠的距離！令人失聲驚叫，434 的光年，體積竟然相等五萬二千個太陽。它的座標對下是七斗星，它們的排列，秩序井然，美麗卻更曲折。更擁有典雅的名字，分別為天樞、天璇、天璣、天權、玉衡、開陽和搖光。天權星是我們古代的文典星、開陽則是武典星。它們永恆這樣的排列，美不勝收，壯觀壯麗。我們又知道織女星是一顆橢圓形的星體，和牽牛星在天河上流脈脈相望，此岸彼岸，迢迢的永不會也不能會合，沒有一年可會的金風玉露美麗傳說，只能靠熠熠的一瞬一霎的閃耀，傳遞和傾吐相思，千萬年的愛

戀，就因距離遙遠而可維繫，當然勝過人間白頭的怨偶的嗟歎！

記得在 1966 年，和六七個同事宿居南丫島一個夏夜，我們在田陌上仰空遙望，當時香港沒有光害，萬籟俱寂，空氣清新，銀河燦白亮清，星斗縱橫，仿如深邃而沉鬱的一張流金網羅，天象縱橫，又似混亂的迷宮，凡人目睹這種浩瀚的神秘，微渺的清輝灑遍四周，如水透明的黑夜底下，禁不住心底讚美蒼天造物，大家都嘿默啞然，又自不然震驚而謙卑、屏息儼氣，神馳思纛。那年，我，二十一歲，是督信上帝思想非常幼稚的小伙子，不會像現在老了後發出很多很多的疑問：誰主昏耀浮沉，誰掌殞落的命運？！真的是那個所謂耶教的上帝嗎？

（2022 年 12 月 3 日）
（此文曾刊登於《香港作家》網絡版）

香港綠榕頌

我喜歡生活在繁華而綠化的城市，最好看的是一排排、包括開花和不開花的灌木和喬木，叢叢密密植立在道路、街衢、里巷和樓房的旁邊。樹，其實是城市最自然和美妙的裝潢，多與寡，疏與密，便呈現她的內涵，包容和深度。樹，亦是她的樣貌、頭髮和襯衣。都市人普遍的生活，都是工作繁忙，車水馬龍，喧鬧嘈吵，當然需要多些綠意點綴和調劑。在綠油油環境的當下，眼

晴自然舒泰順意，心靈自然鬆馳和諧。你且看看近年發展迅速的城市，上海、南京、和大亞灣各區漸趨綠化環保，星加坡更是綠化最成功的好例子。

我有幸居住在香港將軍澳，算是相當綠化的地區。在翠林、寶琳、尚德、將軍澳中心、坑口和調景嶺這裏，小徑、山谷和公園特別多。差不多二十年了，不知什麼時候開始，就愛上榕樹。雖然台灣相思、紫荊、油桐和千層皮也相當吸引眼球，但左看右看，最耐看的都是榕樹。獨木成林，每一株挺拔偉岸，是大丈夫、是美髯公。而有時又看像似智者或哲人，一副肅然森深的氣派，年幼氣根初嫩的鬚蔓似流蘇，從從容容，垂垂懸掛，長短交錯不一，飄飄搖搖，長條故惹行客？氣根越粗大，愈多，看來似乎壽命愈長！老樹軀幹多粗皮鏽褐，柯椏縱橫，又好像蘊藏些玄惑神秘。春天時葉子較為青綠，夏天密茂煥發，秋冬卻蒼鬱深深，許多榕樹年紀雖大，但意態絕不龍鍾，矍鑠精神，真可稱雖老而彌堅。

印象最深刻是矗立尖沙咀區的彌敦道地段、沿柯士甸道到海防道一帶，兩邊的十幾棵榕樹，粗幹壯茁，氣根成柱，樹冠深邃龐潤，一看便知是百年老族，它們依然忘齡地劃指穹空，有些枝條甚至伸展靠近酒店和商廈的蓬簷，聽聞兩三株因此遭橫腰割斷，殊真可惜！臘下的猶如眾大將軍的氣概雲天般鎮守關隘，枝葉濃濃覆蓋馬路中心，構成獨特的林蔭，即現冠名的栢麗購物大道。道旁數枝英式古典路燈，加上幾座現代藝術雕塑，簡直

是一道亮麗的風景線。相信廁身購物逛街的遊客，除瀏覽高樓華美，逛逛名店名廈外，也會青睞綠榕驕傲英偉的姿勢，必然駐足抬頭觀賞。原來毗隣附近的九龍公園，上世紀前身應該是英兵舊營，那處也栽種不少榕樹，其中兩棵已經數百年，我曾慕名訪尋探見，它們確實垂垂老矣，樹身一半截掉坍塌，靠三條木架撐住，樹下有名牌註解，原來出生於十六世紀！想像假如剖開年輪的橫斷面，噢，四百層疊疊密碼斷柯，曾吸收幾多日月精華，雨露靈氣。褐黃色的曲線一圈又一圈的，哪一圈是英國的輝煌維多利亞年代？哪一圈是鴉片戰爭的硝煙？哪一圈是一八四二年香港殖民地剛剛開埠？哪一圈是日治香江、明珠蒙塵的慘痛的三年零八月？！黃昏時分，一暮陽夕照，斜斜欲墜的太爺啊！究竟經歷了幾多季節的風風雨雨，飽閱了幾多冷露世變，見證了幾多歷史改朝換代的滄桑，誰不感慨？！（但最近終於樹殞香逝，不見影蹤了。）

你或可信步穿越佐敦道到油麻地廟街的榕樹頭。那裏眾樹環繞，橫幹巨大，綠傘遮蔭，（香港便於 2014 年在此舉行第一屆榕樹節）可能與該處香火鼎盛的天后古廟有關，因為中國嶺南和福建亞熱帶地區適合榕樹生長，（福建的福州又稱榕城）凡廟堂皆多種植榕樹，信可驅邪避煞，寓意富貴榮華，古人會在樹上掛滿紅線，祈求姻緣和吉利，每當夜幕低垂，尤其夏天暑熱，每晚這裏都是一個市集，一個紅塵，一個江湖。街道上旺盛

的氣油燈和彩色電燈泡互相輝映，攤檔貨品琳琅滿目，有人像剪影，即席替君素描，命理看相，售賣工藝品和手錶Ｔ恤襯衣等等，又有專人塑製搓造傳統趣致的麵粉公仔。更熱鬧的湊上幾台流行曲樂隊和唱戲曲班子，歌聲貫耳，人影人氣如潮，川流不息，熙來攘往。算命人、賣藝人、小販、消閑的街坊，背包流浪客，南亞裔人，加上新填地街、上海街，流鶯出沒在隱蔽暗暗的紅燈區，混合近處玉器市場的叫賣聲，果欄的喧囂等等，營造出特別的情調及氣氛，勾勒出一幅普羅人民生活的人間動畫。而最出名的榕樹頭講古，也不知在某年某月某日，慢慢式微，然後驀然消逝。說到榕樹頭講古，便記得小學放學後屢在那處消磨，聽三國之曹操劉備、關公孔明、水滸的宋江吳用、林冲李逵、西廂的張生柳鶯鶯紅娘、西遊記之豬八戒孫悟空唐三藏，以及無數不盡很過癮和精彩的民間故事，養成我一生對古典文學的追求。現在，老來難免懷舊，希望時光倒流，重過五六十年代的大笪地童年歲月。那是一種無法抹去的塵封記憶，獨有中國傳統歷史文化的味道！噢，這樣的味道，一點一滴，早已融入中國人的骨髓。所以我們關心祖國和故鄉的一切，喜歡在自己的村土處問祖尋根，更有抹掉不去的落葉歸根的情懷！

　　如果想親睹榕樹的毅力、魄力和頑強，不妨乘地鐵或54M小巴站直達香港堅尼地城西的科士街，看看那塊樹牆，約三公尺，構成大自然與人工混合的一幅護土牆，

一幅刻劃分明的版畫，整整的半條街的石牆布滿幾十棵榕樹的蛇頭筍突，懸根露爪，是大力鷹爪功嘛，它們心底的向氣性，對濕潤泥土的渴求欲望，求繁衍，求存基因的作祟，於是像章魚觸鬚作無限的探索，裂地透石穿罅，深入堅固無比的台階，尋找自我生存的空間，繼續生長，彼此又互相糾纏，盤根錯節。啊，植物的生命力量是何等壯觀偉哉！樹牆上面的當然是榕樹老林迎風招搖，英姿凜凜。蒼蒼的榕林究竟何時何日栽種，可能無人稽考知曉，但早已是西區最觸目動人著名的景點。

如果進一步想欣賞及品味榕樹優雅清麗的倩影，九龍鑽石山的南蓮池園的角隅就有一個泰然小天地，面積約八百公尺，八九棵榕樹排排左右併立，聞說是從國內幾百里迢迢，整棵連根用躉船海運到池園，這個角隅，中間放置古色古香、刻有象棋盤的石枱石櫈，清風徐徐，正是肅然自有林下風，雀鳥在樹間躍跳，乍然唱叫兩聲，蟲鳴唧唧，頓時酷暑全消，好不怡人！其他香港有名氣的榕樹故事也不少：中英街的一百一十三歲，盡出鋒頭的老榕，剛生長在香港和深圳邊界中間。赤柱大街口的一株菁英，幾經訴訟而可保育留下性命。當然算最幸運、獲得政府照顧的巨榕，它主幹直徑三米，敦厚結實，樹冠方圓八十米，一樹擎天遮日，賣地時與發展商討價還價，結果網開一面而逃離斧口。它就是金鐘太古廣場的老傢伙老古董，以當時賣地價格計算，身價高達七千萬。

中年時曾在大埔太和邨某校任教，粉筆生涯不免枯

躁沉悶，每當學生靜修功課時，偶爾縱目窗外，不遠校園石圍中約十五公尺高的一株細葉榕亭亭玉立，春天開著白色帶淡黃的小花，花朵若隱若現，羞澀地掩藏在葉底和莖梢，暑假前結出果子，果實指頭般大小，由青漸漸轉黃變紅。有一年十月刮起九號颱風，樹的枝條連葉過半剝落破損毀掉，似碗口的柯幹亦折斷，撒滿一地，面顏憔悴，陳姓校工不禁頻頻搖頭嘆息，神傷黯然，原來它是他二十多年的好朋友，他平日灑水施肥除蟲，甚至對它喃喃耳語傾訴，看來只有太上忘情，人與動物和植物相遇相知乃是一種緣份，相處日久，自然生情，很難斷捨離啊！

今年二月中旬，與朋友到將軍澳翠林公園蹓躂休憩，園內四株榕樹千姿百態，整齊排列有序成一道青翠羅帳。緣意盈盈，濃密靜謐的華蓋下，我坐在長椅獨自沉思，帶點水寒的春風吹遍近山的斜坡，驅散草地的蒸熱，幾囀鳥語，難辨是黃鸝、百靈或畫眉，白雲悠閑在眼前飄過，回想七十華年的人生，時間荏苒，匆匆白駒過隙，頓覺凡塵一夢，唯有當下感覺真實，與榕的靈氣融融共處，蔽其蔭下，茫茫天地，物我兩忘，似乎這是一種境界，或算是某一類禪意……

（2022 年 4 月 4 日）

閑情
<u>　　　</u>

01

咖 啡 館 隨 想

　　時光拖緩了腳步，慢慢流過周末下午的指縫，我偎坐在尖沙咀的星巴克，面對一杯黑咖啡，管他是否意大利拿鐵，或者屬於怡保舊街的烘焙，或者來自哥倫比亞或印度尼西亞的原味，只感覺精神一振！舌尖上醇濃的

香氣，激情熱情漱洗唇齒，閉上眼，翹翹右邊的二郎腿，旁若無人。只知道這一杯渾暈暈的深邃，小小的漩渦，彷彿現今整個世界混亂不見底細，疫情、戰爭、謊言假話糾糾纏纏，人性自私貪婪醜惡，呵呵，歲月已經荏苒到了二十一世紀，生活已有些兒麻木有些兒微酸油膩，最好是現在舒服自在，像雲的輕鬆輕鬆像蒲公英隨風飄散蕩蕩，毋須有什麼偉大的理想和目標，亦毋須爭拗任何宗教政治，要深入研究不同的偏執和立場，那多費勁！幾千年來歷史學家也辯說不清，因為各人的教育、成長，思考的方法也不同，要解釋西方東方的背景和文化概念差異，太難了，太複雜了。黑白是非，哈哈，掌握大權力大財富的，實際都是烏鴉，甚至是鷲鳥，整日張口嘈嘈吵吵吵的，否則，像是日本電影猶山節考裏吃老人屍體的惡鳥。其他的，表面上看來只是漂白了羽毛，外白內黑，但怎可以亦沒法跟大自然的白比較，譬如月亮的白、雲朵的白、蓮花的白、天鵝的白，浪花的白、和白玫瑰的白。

我經常想起金人元好問的一闋詞〈臨江仙·自洛陽往孟津道中作〉，詞云：「今古北邙山下路，黃塵老盡英雄。人生長恨水長東，幽懷誰共語，遠目送歸鴻。蓋世功名將底用？生前錯怨天公。浩歌一曲酒千鍾，男兒行處是，未要論窮通。」幾十年人生輾轉，黑髮到白髮，到如今最好做一個閑人散人，做一個凡夫俗子，隨意天馬行空，忘掉形骸行為規範，讓思維任意放縱飛翔吧！

又想到莊子的恬淡出世隱世，他的寓言故事和論說，何必海中鑿河，蚊子背山，他最羨慕是自由自在瀟洒的游魚，草原騁馳的奔馬，翱翔橫空的飛鳥。我現在無所事事，那才是真性情無顧慮的快樂逍遙！

又記得三十多年前旅居三藩市，常跑到唐人街的餐廳喝越南冰漏咖啡，一點一滴的黑液，透心舒服爽涼。但當時工作繁重，事務絆羈於身，分秒必爭，美港生活兩地奔波，未能領略到咖啡真正滋味，原來都是不同的年齡和心態各異。

02
觀 樹 賞 花

我慶幸住在將軍澳地鐵站上蓋的屋苑，四周都是公園，徑路縱橫，單車專道跨接通連寶琳、坑口、將軍澳中心及調景嶺四區，樹木繁多。一月和二月，文曲公園的籬欄數十株茶花分兩排盛放，小碗拳頭，大大小小，隱現在密密綠葉其中，深紅緋紅或純白色的典麗迎接冬日的和暖陽光，又帶點爾雅淡靜高貴。我特別喜歡醉紅若酒的幾株，花瓣層次分明，態姿芍芍，夾雜隱約些未綻的蓓蕾，雍容卻自傲的味道。正如歐陽修所說：淺深紅白宜相間，我怔怔的屏氣凝視，她們報我羞澀的笑容，花雖無語，卻默默含情，不知芳心是否寂寞。噢，天工

如此玲瓏，世間人工永遠難以比畫比擬。三四月，則是杜鵑、大紅花、薔薇和木棉的季節，花期一到，便爭妍鬥麗。我自中學期間便喜歡木棉，橙紅色的烈焰焚燒雲影晴空，一派堅毅不屈的英雄氣慨，彼此競鬥高標勇，氣魄雄心，難怪又名英雄樹。他們挺立在雨前雨後的清明，然後五月初結了修長橢圓又飽滿的莢莢，由青色漸漸變成暗褐，等待破裂，一旦果實成熟，繁衍生命力得到爆放，滿天就是帶著種子的白色棉絮迎風順風飄揚四散，有時害得患鼻敏感的行人異常苦惱。

香港氣候溫暖，五六月又輪到鳳凰木登場，羽狀綠葉搖曳婆娑，朵朵團團的紅雲，直是仲夏觸目的風景線，遠處遙看火團，近視撫摸軀幹，勾起童年少年回憶，舊日池園，父母長輩，都黯然消逝，唏噓感慨良多。這時，棘杜鵑簇簇串串，掛掛花紅若癡，亮麗的血噴灑奪目，伸出屋牆、籬笆或陽台，又倚傍在橫街窄里，搖曳在太子道一帶和佐敦地鐵站附近，盡顯艷色。而開著滿滿淡黃色小花的油桐樹，枝葉交錯，當陽光灑在翠蓋，斜斜的樹影，婉轉的鳥囀聲頻，面對繁忙馬路上奔馳的汽車，雖然在鬧市之中，神經頓時鬆了一鬆。

仲夏開始，洋紫荊淡紫深紫的花朵點綴及散布許多街道角落，不愧為香港的市花。其他如秋楓、火焰樹、鐵刀木、千層皮、台灣相思等等喬木，襯湊著草地的野花雛菊，夾雜著蓬蓬亂髮的薊和一些短矮灌木，若不是游手優閒，往往匆匆錯過，此刻，剛好是白蘭花茉莉花

含笑花燦爛的世界，幽香撲鼻，各有各的特殊氣味，縈繞夢中，都是這些純白的芬芳，或許我真是一個花癡啊！但我也愛懵懂模樣的仙人掌，滿身千針萬刺的鋒芒，凜凜然的悍防，碧球綠莖，芽生老椿，當頭頂爆出小花蓓蕾，放在窗台，亦見是另一種的趣緻可愛。八九月，暑氣正濃，我在黃昏時分步行樹蔭下，天色昏沉，驀然百鳥歸巢，吱吱喳喳，好生熱鬧。十月至十一月，離單車館一箭之距，一種名叫欖仁樹站在路口，潤厚的葉子開始鏽黃，約十天時間便變成赭紅瘀蝕，風搖一搖樹梢枝椏，然後它們慢慢飄抖墜地，與其他不知名的落葉乾瘤瘤躺臥蜷曲堆疊在縱橫的路徑和巷里，我知道秋天已經降臨。屋苑樓下會所的花園叢叢黃菊白菊紛紛綻放，複瓣繁多，都柔弱帶傷。每周數次，我總會從坑口穿過屋苑小徑散步到寶琳，沿途向一列十多株長葉榕高山榕打招呼和致敬，欣賞本土最茂盛的常綠喬木，尤其是他們的長長垂鬚，每株都好像飽歷世故和滄桑，鬱鬱蒼蒼，屹然肅正，令人引頸久仰。十一月十二月近聖誕節有嬌艷的聖誕花，而最有清秀雅靜、臨水孤高自戀傾向的水仙就出現在農曆新年，顧名思義，就是皓白純潔帶香的仙子，別於桃花的悅目耀眼的紅艷，皆牢牢的吸引眾人的心思和目光，兩者相映成趣。

造化神奇，大自然的機杼編織錦布，借花木呈現四季更迭變化，假泥土藏道與禪之生意，各自以不同的顏色形狀徵象，但如果慣於沉溺紅塵商利之海，權謀心機，

欲望無限，便會對花木冷寞失趣，更不會親近和細緻玩賞，那麼，我們仿如煙薰了的死魚，廢殘了翅膀的囚鳥。逐漸喪失我相，面目全非。所以蘇軾贈劉景文詩句：〈一年好境君須記，最是橙黃橘綠時。〉橙黃橘綠，最美的剎那時光，珍惜好景如斯，因並不常有啊！

03
窗 外 窗 內

　　我喜歡站立在窗旁，看雲采看風雨看夕陽看遙遠的大廈屋苑，隣近的軒窗都是複眼，尋常人家，雖然不是朱閣綺戶，但倒覺親切和溫暖。夜漸深茫，因光害過甚，難看穹蒼之星宿，但一點明月窺人，這時候，最宜冥想無端，忘掉計算過去的得失利害，明日又如何？忘掉營營又忘掉怨懟。心淨即佛，毋須他求，心邪即亂，而不知正法。
　　五月某日晨起，剛好是六點鐘的曚曨，算是好天氣。窗外冷氣機槽內，有一隻咕嚕咕嚕的野鴿子，可能是昨夜風雨，牠飛來窩棲，亦是我與眾生結的緣份，實彼此同是天地間之過客。於是我寫了下面的一首現代新詩：題目是〈無事〉。

無事

風靜無聲
夏陽普照
隨意走近窗旁
看白雲飄渺

無事
心淡如菊
情逝若煙
掬一掌清水
洗去榮辱恩怨

得一趟人形而哭曾笑
不足道無欲求
無事

（2022 年 5 月 17 日）
（此文曾刊登於《城市文藝》第 128 期）

石斑魚的自述

　　黃昏時分，我張開藍色的眼睛，潤大的唇瓣，一口
接一口吞噬海水黝黝的無盡虛無，又吐著一圈又一圈的
氣泡，金色的鱗片泛起陣陣白色的花簇，轉瞬間又沉落，
我弋游在這片似乎柔靜的公海，水是那麼透明，卻暗浪
暗湧，流竄在白化了珊瑚中間。風無定向，二十多隻聚
集的海鷗，黃喙白羽，五六隻站在那艘遊艇的船桅，盡

露出有力的指蹼，吱吱吵鬧，有的在展翅蹬腿，像芭蕾跳躍的少女，其他背著風或順著風滑翔飛舞，有些俯衝向著水面上夕暉瀲瀲的滾滾波浪。一隻窈窕卻老練的海鷗終於高高興興啄釣了一條算是我可憐的同類——紅鰭九棘鱸，在空中無助掙扎，凜冽的海亦是一本最自然森林的書，這裏沒有什麼憫憫，和所謂憎恨仇怨，只是一本弱肉強食，適者生存的淘汰紀錄冊。這兒不是聖經教堂，這兒當然沒有上帝。

這兒是南中國海，太平洋和印度洋的交界，包括東沙群島、中沙群島、西沙群島和南沙群島以及其他二百餘個小島、礁、淺岸和灘洲。風任意在吹，縱橫數百公里，雲從八方結集，詭譎而變化萬千。海鹹的水腥氣，潮水浪花，捲起灰色褐色黑色的蠕蠕一片白沫，亂石盤渦，有時怒濤轟吼，有時低迴，浩浩蕩蕩翻翻滾滾，萬頃碧波向汪洋，向天的無垠，水茫茫，天也茫茫，沒有陸地的感覺。這兒也是我的族類：海紅斑、東星斑、老虎斑和老鼠斑等等的天堂。

但人類，最頂層智慧的生物，最聰明的掠食動物，最狡滑的騙子，這些混帳的傢伙覬覦垂涎我們美味的肉體，貪婪已貪入膏肓，貪婪的程度比千層馬尼拉巴斯海峽和海溝海底更深，無窮貪婪的眼睛和欲望，拖艇和漁船川流不息，充滿錚錚敵意的金屬設置百般的陷阱，最先進的機械，最快速方法，去捕撈我們的兄弟姊妹和族羣，用釣網鈎刺，最年幼年稚二三個月的小魚的都不會

放過，不只淘盡幾千畝的蝦和蟹、海藻藤壺和蛤蜊與及一切海的資源，清蒸或紅燒，放在饕餮的餐桌面前，讓他們拿著滿滿水杯的啤酒大快朵頤，想到這裏，淚、混和鹹鹹的海水，從我眼眶中溢出。於是從此我眼中沒有海上的英雄，只賸下鼓潮逐浪的俗臭金錢供應海鮮商人的團隊，最後，地球漸漸暖化，南北極的冰塊融化，或者五十年至一百年間，淹沒馬爾代夫、東南太平洋的大大小小的島嶼，他們的子孫承受一切的咒詛和報應。

夕陽西下，餘暉最後的一點滴光芒在海面的微漾逐漸消失，夜晚終於來了，海更加沉默，死亡的黑色，湧著灰灰澹澹的波影飛沫，風又改變方向，猛烈而冰寒向防波堤向那邊孤獨的燈塔滾滾蕩蕩，而霧燈撒下一泡光網，網著夜，網著虛幻。我的天敵：鯊、鯨、鱈、金鎗和吞拿、似乎酣睡了。我感覺寒顫而清醒，在熟悉海鹹的水腥味，那個澹澹的下弦月好像就擱淺在遠方水岸的天涯，整個夜空星星都不閃爍發亮。我自己的身體開始喘息，雄性荷爾蒙，不，那些類固醇的影響下，應該到時候了，我差不多二歲五個月的年紀，排卵期畢竟結束了，已經有千萬顆散播在胸膛遼濶的大海，我的第一根和第二根鰭棘漸漸強壯，雄性胴素漸漸增加，肉體改換刺激下我慢慢的變，變成一隻採蜜的花蜂，盤旋在花叢中翩翩起舞，雌魚的香氣震動我神經樞紐，很奇妙的旅程經歷，雖然在海長大，我永遠讀不懂大自然，讀不懂囚禁我一生的海，海洋的顏色經常變，節奏經常改變，

潮起潮落，有時溫柔，有時瘋狂。

正如我的母親告訴我，她也不懂海，更永遠不懂俗世人間，複雜的人性，非常難測機心的人性，只知道我們魚族有無限的恐懼和焦慮，因為人類歷史經常有戰爭殺戮，包括泰國緬甸的衝突第二次世界大戰的太平洋戰爭，中國越南戰爭、柬埔寨內戰等等，根據很老很老碩果僅存的老祖宗，幾位超過八十歲的爺爺常常描述真實的故事。他們曾在越南、菲律賓群島的礁珊和海床棲息過，我們是鞍帶石斑魚的家族。石斑魚是沒有國界的，只有人類互相割據、傾軋和鬥爭。必然要流血殺戮來解決。人類非常沉迷權、利、名、色，我們只希望生存健康安全，足夠的食物而矣！

我的太爺原籍馬來西亞，那個美麗的檳城，馬六甲、喬治城和藍屋、姓氏橋的海岸，十八世紀十九世紀的繁榮，幢幢帆影，東亞貿易的中樞，見過張弼士和鄭景貴的輝煌與顯赫。二百多年，葡萄牙人來了，繼而荷蘭人又來了，最後英國人殖民於此，後來她又獨立了。歐洲的文化和東亞文化和中國文化三互結合。海潮起落，他遷徙到沙巴，我父親出生了，他們見證時代剝落變遷，富貴，許多不過三代，金碧多轉為敗瓦。我不知將來的命運會如何，但現在，我嗅到濃濃的火藥味，不久之後，人類的血會流乾，然後混和海水，結果茫茫，得到的終於失落於茫茫……我只能怯生生、孤伶伶棲住在這個暫時安寧的海床，充滿海草海帶糾糾纏纏，萬結不分的地

方……。

（2022 年 8 月 16 日）

他是個怪傑人精

少年時愛讀中國怪力亂神小說，說蛇類中有蛇精，
馬騮羣中有馬騮精，所以應該人世間亦有人精，所謂人
精，通常智力和本領都較普通人超班超卓。生平有幸，
結交了三數個怪傑，真正佩服稱歎！原來高手在民間，
卻寂寂無名，由於他們行事低調，又不是公眾人物，更
不會星光熠熠，通常不為名利羈絆，孤芳自賞。只有過
從甚密多年觀察，才知道他們的才華閃爍，絕非等閑泛

泛之輩！下列是我認識六十多年的一位高人。

　　李君是我小學三年級至六年級的同窗，他小時體質羸弱，經常沉默寡言，小息靜坐一角，不群不玩，怯羞忸怩，可能比同學平均年齡差距兩三年的原故故，但每次考試則名列前茅。讀書過目不忘，當時書本課文內容約二三百字，他稍讀兩三遍即可背誦流利順暢，一字不會易別誤錯。後來到了中學會考及預科，成績斐然，再考入香港大學電機工程系，畢業後在安培泛達公司工作幾年後，放棄當時約二萬元之高薪厚職（1983 年期間，當然薪水算是不錯。），某天對我說要到美國攻讀，然後繼續完成碩士、博士學位，後再任波士頓某大學教授。繼而更有機會提名競選諾貝爾獎，可惜他不喜應酬，不擅逢迎，婉拒有關學術圈子活動而沒參與競逐，他說不習慣與他人溝通和打交道。他數個妹妹都說：「我大哥真懷才不遇！」我心裏卻回應說如此倒好，他野鶴雲閑，澹薄名利，自由自在，寧靜致遠，畢竟學術圈子也存有派系鬥爭，相互針眨。對他性格來說，絕非易事。可能他亦明白寵辱若驚的道理。

　　李君孜孜好學，是書癡，不怕卷帙浩繁，學海無涯，讀到廢寢忘餐，好背記古文詩詞，甚至典籍，中英語文能力非常出色。他經常到圖書館或逛書店，終日沉醉於學問文化世界，涉獵之廣，範疇之多，一般人望塵莫及：他涵詠物理學、數學、量子力學、文學詩詞、政治歷史、宗教、以及戲劇電影，藝術等等，無所不知，簡直是一

本會行走的百科全書，好像培根的思想目標：「天下學問皆吾本份。」，家中藏書數萬，雜類繁多，卻少缺書架，有時從客廳到睡房，凌亂四散於地，其他則從地面疊疊麻麻鋪靠著牆壁直到天花。其知識淵博和做學問之功夫，下面三兩件實事可見一斑：五年前，我曾與李君到深圳某圖書館欲購《紅樓夢》，滿架排開紅學書冊不同版本及作者，他極力推薦我購買俞伯平的著作，聽他的提議及導解，應該是對紅學研究略有心得，而架上各冊十數種也曾涉獵翻。又在 2006 年曾與我結伴往陝西西安旅行，當地專業導遊娓娓不絕談敘一段秦國歷史和兵馬俑，當停頓之時，他順然背誦唸說該段史文內的往後截，如數家珍，記憶力厲害非凡。某次，在南京旅遊時，他唸出一九五八年當時六年級課文中易君左的一篇文章，問我是否仍可背記，當然一甲子以前的事，我早淡忘，頓時舌結目瞪。他喜探求佛理，十年來，每星期前往港島聽兩次有關講座，另外對道學更心有所得，上了十八年晚間有關道教課程，求學問之心，堅毅不屈，對道德經五千字滾瓜爛熟。但他對我說：他今天仍然是道學學生。其實他已經諳明老子之言論，只是道可道非常道，胸襟開闊謙容，集百家之言，方可融會貫通道德經之博大玄妙！

他、不折不扣的端正君子，不欺暗室。六十多年交往，就事論事，嫉惡如仇，從不說謊，或故意矯飾掩蔽。可能一個人把書讀認真了，就忍不住要說真話，但要是

真話多說了，朋友會少了。幸好不是廁身中國朝代專制社會裏，否則更有嚴重的後果。不免貶官坐牢、流放，抄家，殺頭更是家常便飯。你看蘇軾多次遭謫徙，黃州惠州儋州，就是史證實據。

因為自幼醉心習武，自 1974 年學詠春，及八十年代在美國讀書生活時，他拜師學太極，是著名世界技擊界大師麥女士的入室弟子。回港後加入太極某門派，傳授太極，弟子遍布全港，在深水埗及道觀免費教傳老人太極。他也曾授我甩手功和八段錦，可惜我自己欠缺毅力恆心，未有日日練習，學藝不成。聞說十多年前，偶逢內地嵩山少林寺的喜慶節日，均有拜帖邀請李君赴會。有時暑假七八月期間，李君會在國內某一道觀起居，求道士傳授各派武術，順便清修練武。一次，他在我面前耍出一套如意拳，虎虎生風，凝神力重，功架十足，凜凜然拳風逼人。

他一生獨身自處，惜物慳儉，克己以儉養德，不煙不賭，不好女色，或心儀任何異性，從未結交女友，十八歲時曾對我說：「實在無法保證兩個人可以相處頗長時間，所以不打算擇偶配婚。」，諾言果然兌現維持直至現在七十餘歲。如此理性鏗鏘如冰如鋼，不易受衝動情緒影響左右，實屬罕見。可能早知世間女子，一旦鍾情依屬於你，成為了你底伴侶或老婆，難免在旁哦哦喃喃，騷擾心間一片寧靜湖海，唯有絕對安靜的環境才可沉澱思緒，過濾思想整理思維，那可是自己的世界，

難得獨享的寂寞！

李君無家庭之顧慮，心無罣礙，雖有時頗為木訥，但論語里仁篇曰：君子木訥於言敏於行。於子路篇又曰：剛毅，木訥，近仁。所以他不會滔滔侃侃，言不溢誇，恥其言過其行，你看宇宙沉默，大山大海沉默，四季沉默，西諺說沉默是金，所謂自矜者不長。他每每用科學和邏輯思維模式考看一事一物，於是思想漸清晰愈明亮，治學態度勤懇真誠，冶煉成極高之定力，自然欲望並不強烈，沒有特殊的野心，得失可置身於道外。另外，君子慎其獨，光明磊落，問心無愧，完全正實踐儒家精神，亦掌握道佛哲理之神髓。而益友有三，友直友諒友多聞，李君，無可置疑，友多聞耳。望之如見一塊樸實無華的大石，內裏藏蘊翡翠。收歛又不自張揚自己的才藝和才華，當然是一種長期的修為品德和智慧。

我彷彿見到一隻稀有白色的孔雀，獨自開屏，獨自欣賞自我，躑躅獨行和瀟灑飛翔。李君的書沒有黃金屋，沒有顏如玉，於是我想到，曾經一本書〈真才實才是人生最可靠的資本〉中擲地有聲的一段：「真才實學永遠是人生最可靠的資本。我們如將人生追求的目的訂在功名利祿，則在追求的過程中心情焦慮，患得患失，最後仍然可能落空：如訂在充實學問、提升品德，則操之在我，不會落空，功名利祿只是附隨的結果。」相信李君早已知悉此論而終一生而執行。

（2022 年 4 月 22 日 ）

女人五十歲

　　酸澀的眼神，凝望著窗外淒淒雨霞，自然回憶二十
年過去暗啞消逝的一段婚姻，做夢也不會忘記。他的俊
朗大方慷慨就是一塊飄香四溢的蜜糖，無數嬌嬈，不、
無數的螞蟻和蜜蜂就緊緊的黏住他。噢喲！男人，畢竟
是充滿慾肉的獸類，禁不勝禁，怎可抗拒誘惑？但女人
錐心之痛誰可感受呢？尤其是決定恩情斷絕的時候……

她像一株水仙自憐自問自艾：噢、時間總是無情無奈，雖然步入五十歲，應該還擁有曾經春天的靈氣，依然紅了桃花紅了玫瑰紅了蘇杜鵑，更有些茉莉的暗香。雖然身體略略胖了一點點，如果塗了面霜眼霜抹了蘭蔻再細心經營眼肚下的薄薄脂粉一片，自然笑一笑，女人味滲出來⋯⋯掩蓋憔悴掩蓋躺臥在左右眼角三四條魚尾討厭的擺動，和羅列散布在鬢邊可恨的褐色雀斑。該死的荷爾蒙和藏著神秘甲狀腺，二十三吋的腰圍變成了三十二，已經不敢再碰美味的雪糕蛋糕及所有一切的甜食。

　　每天都照幾次鏡子，對鏡內的自己笑了一笑，青春不再，幸好嫵媚窈窕還在，相信六十歲的男人，不，應該五十歲多歲的雄性都怦然心動。染了剛泛些兒灰的鬢邊，穿一襲神秘的黑色洋裝，瀟灑自然走路隨風飄揚，多些溫柔，自然擋住五十個春秋的痕跡和冷酷歲月的齒印。

　　雖然以前的愛情已經焚成灰燼，總不想每晚咀嚼寂寞和哀傷，她，期待找到第二個春天，再跳一支探戈⋯⋯

2023 年 5 月

附錄

二革與三戒：
司馬長風的「散文語言論」
／ 秀實

　　司馬長風在〈散文寫作的道路〉上說：「（寫作散文）
要有真功夫、硬功夫，還得細功夫。」① 在散文的創作
實踐上，司馬長風無疑深有領會，在另一本散文集《鄉
愁集》序中，他簡略概括了自己在散文創作上的自覺，
有這樣一段話：

散文是樸實的藝術，給人以純靜的美感。音樂有旋律，繪畫有彩色，雕塑有形象，舞蹈有姿態，小說有情節，詩歌有節奏；散文則什麼都沒有，但有寂寞的獨語。……她像苦茶的清香，幽谷的鶯聲，深山的流水，靜夜的微風。②

在散文的創作上，司馬長風既是一個理論建設者，也是一個實踐者。他針對散文語言的毛病，曾提出過「二革」和「三戒」的說法。所謂「二革」，是革除歐化語法和革除超級長句。所謂「三戒」，是嚴戒洋文、戒用文言詞語和戒用冷僻的方言。當然，和現在的散文理論建設相較，司馬長風的看法，無疑較為保守而有相當的局限性。但他在提出建構散文的理論時，以「語言」為其目的，追求「純文學」意義的散文，路向卻是正確的。評論家陳國球在〈詩意與唯情的政治————司馬長風文學史論述的追求與幻滅〉說：「（追尋）中國風味的文學語言的基礎，這是司馬長風的文學理想。」又說：「司馬長風的純文學應該與這些近代西方的觀念有比較密切的關係，因為中國傳統的詩文觀都是以社會功用的考慮為主流，而他則主張撇開這些思想文化或者道德政治的考慮。」③

司馬長風有關散文理論的論述，其實更多見於他的《中國新文學史》中。第二十一章「散文的泥掉與花朵」

和第二十七章「散文的圓熟與飄零」裏，在論及不同作家的散文作品時，常加插了他對散文的觀點與批評。我們由是清楚知道，他主張純文學意義的藝術散文，反對傳統散文「載道」的功能。他盛讚何其芳的散文，篇篇都是珠玉。他在評賞何其芳的〈哀歌〉時說：

〈哀歌〉確是篇佳作，但中西史蹟雜揉，也有傷「純」的原則。④

他認為優秀的散文作品，是何其芳的〈墓〉、李廣田的〈山水〉、豐子愷的〈午夜高樓〉、馮至的〈塞納河畔的無名少女〉和沈從文《湘行散記》裏的篇章。在論及李廣田的《灌木集》時，司馬長風這樣的說：

在《灌木集》中，罕見歐化的超級長句，翻譯口氣的倒裝句，也絕少冷僻的方言土話，所用語言切近口語，但做了細緻的藝術加工。換言之，展示了新鮮圓熟的文學語言，也可以說，重建了中國風味的文學語言。⑤

在論述優秀的散文作品不應有的語言毛病時，司馬長風也同時正面的提出了對散文語言的要求，他認為最好的散文作品其中一個指標，是「散文詩」。在比較李廣田和何其芳的散文作品時，司馬長風說：

李廣田的散文，有何其芳的精緻和朦朧。《灌木集》中的〈井〉、〈馬蹄〉、〈樹〉、〈荷葉傘〉、〈綠〉、〈通草花〉和〈霧〉，足與何其芳《畫夢錄》中的〈雨前〉、〈黃昏〉、〈獨語〉、〈夢後〉、〈哀歌〉和〈樓〉媲美，都是散文詩，新文學運動以來最好的散文詩。不過，李廣田的情意和風格都樸厚，耐得住咀嚼，何其芳有時則失之於纖巧造作。⑥

　　對散文的藝術審美要求，司馬長風對焦於「語言」上，並把詩歌語言的準則視為優秀散文的指標。當然，對所謂「詩意語言」的理解，司馬長風有很大的局限，即「純」與「美」是也。但司馬長風不能把所謂「詩歌語言」理解為一種「隱喻性質的語言」。以致他所提倡的優秀散文，迫近三、四十年代的「美文」一路。文學作品中語言的重要性，已是文學評論家一致公認的。龔鵬程在《文學散步》中「語言形式的符號作用」一章裏說：

　　其原理，蓋如理查茲所云：韻律正是利用其人為面貌來產生至高的框架效果，把詩的經驗孤立於日常生活偶然與無關的事物之外。它賦予藝術品一種特異的人為性質，使之有別於一切自然景象及事物，確保一篇藝術成品的「藝術性真實」，勿使之淪落分解到「事實之真」的層面去。⑦

司馬長風明白散文沒任何憑藉，所倚賴的惟有語言。因而對散文語言有其相對偏頗的執著。放在今日，這點仍是難能可貴的。他個人的散文創作實踐，大略有以下幾種著作：

《挦龍鬚的人》香港：文藝書屋　一九六九年一月
　　出版
《鄉愁集》香港：文藝書屋　一九七一年一月出版
《唯情論者的獨語》香港：小草出版社　一九七二
　　年出版
《吉卜賽的鄉愁》台北：遠行出版社　一九七六年
　　十二月出版
《綠窗隨筆》台北：遠行出版社　一九七七年九月
　　出版
《浮生三唱》台北：文淵出版社　一九七八年六月
　　出版

當中所謂文藝的散文，或曰美文的，在《吉卜賽的鄉愁》和《綠窗隨筆》中，佔的份量比較多。早期我和學者陳德錦合編的《香港現代散文名篇選析》⑧中，便收錄了他的一篇〈大牌檔及其他〉。這是一篇語言樸實隨和的文章，和司馬長風主張的散文路數不同，風格迴異。也正好說明作家的理論主張與其創作實踐不必一

致，其原因是理論是完美的，而創作卻常受局限，不一定能把理念實現出來。

讀司馬長風的散文，我們明白散文的追求可以多樣化，而對語言則有相對嚴格的要求，其要求應是「擬詩歌的語言」或「詩歌的語言」。司馬長風認為是「純」與「美」，現代散文則認為是「隱喻」與「象徵」。

注釋

① 見《吉卜賽的鄉愁》，司馬長風著，台北：遠行出版社，民65年版，序。

② 見《鄉愁集》，司馬長風著，香港：文藝書屋，1971年2月版，序。

③ 〈詩意與唯情的政治──司馬長風文學史論述的追求與幻滅〉，見《感傷的旅程：在香港讀文學》，陳國球著，台北：學生書局2003年8月版。

④⑤⑥ 見《中國新文學史‧中卷》，司馬長風著，香港：昭明出版社，1987年10月第四版，頁116/頁144/頁147。

⑦ 《文學散步》，龔鵬程著，北京：世界圖書出版公司，2006年7月，頁73。

⑧ 《香港現代散文名篇選析》，陳德錦、梁新榮、舒眉編選，香港：新雅文化事業有限公司，1988年12月版。

坐 看 流 年 度

秀實、李藏璧散文集

作者：秀實、李藏璧

出版：文思出版社

地址：香港新界粉嶺嘉盛苑嘉耀閣三四一三室

電話：（八五二）二三三三二一〇〇

印刷：博藝坊工作室

版次：二零二四年八月第一次印刷

ISBN：978-988-70008-2-2

香港藝術發展局
Hong Kong Arts Development Council 資助

香港藝術發展局支持藝術表達自由，本計劃內容
並不反映本局意見。

如有破損或裝釘錯誤，請寄回本社更換。
本書封面以及內文插圖取自小紅書號 monyer，
日本插畫師 sawa fuji 作品。